古典を今にめぐる物語

泉雅代著

明治書院

題字・城間圭太

表紙は沖縄の八重山ミンサー織柄。五つと四つの文様を織り込むことで「いつ（五）の世（四）までも」と永遠の愛を祈り、結婚する女性が男性に贈った織物。

はじめに

なぜ、古典を勉強しなくちゃいけないの？

高校生がよく口にし、または言わないだけでそう思っている生徒は多いだろう。古典を読むためには、古文は古典文法や古語、漢文は句形や漢字の語彙という、今は使われていない上に、とても面倒な関門をいくつも超えなければ、理解ができないからだ。生徒の大半は、受験のため国語に古典は必須だから、ということから、学習しなければならない、と割り切って勉強しているのが現状だろう。

私自身、古典文法は嫌いで、高校時代は意に介せずまともに学習することなく、なんとか受験は通過し、教員になった。そこで初めて、やはり古典文法や漢文の句法無くしては古典は正確には読めないと、遅いながらも気づいた。だが、授業では、訓詁注釈にとどまらず、作品の精神、もっと言えば作者や登場人物の心の発露のようなものに近づきたい、それを生徒に伝えたいと思い続けてきた。しかし、関門は厳しく、突破するには古典文法の規則や現代語と意味の違ってしまった古語や、漢文の句法や漢字の語彙を理解する、そんなハードルを超えることに時間を取られ、昔も今も変わらない訓詁注釈の授業におさまりがちだ。どうにかして、作品が本来持つ生きたままの姿を伝えたい。そう、痛感し続けてきた。

国語の授業を受け持ってきて、まず最初に浮かぶ素朴な疑問として、古典は現代と無縁なのだろうか？　ということだ。古典を一つの文化として考えた場合、「今」という現在と、つながっていないのだろうか？　いや、つながっているはず。では、どうつながっているのだろうか？　日々授業をしながら、古典と「今」のつながりを明らかにして、古典という一つの文化がどう現在に流れ込んでいるのかが見えてくれば、面白いし、なるほど！　と生徒たちの瞳が少しでも明るく輝くのではないか、と考え始めた。実際、古典が古典を生み、つながってきているのだ。『伊勢物語』の「昔、男」は、『源氏物語』の光源氏であり、『好色一代男』の世之介である。『枕草子』は『徒然草』を生んだ。古典に感銘を受け、触発された作者が、その時代に生きる「今」とその思いを、新たに醸成させながら、紛れもない一つの形として表現していく。そうやって、受け継ぎ、発展させながら、古典自体が一つの大きな道として残ってきたのだ。

「今」の教育現場に新たに課せられた一つの方向性によって、今後の国語教育に対して危機感を覚えたことがあった。それは、簡潔にまとめれば、「文学軽視」の方向である。平成三十年七月に発表された学習指導要領解説では、変化が予想できない未来に対して、「思考力・判断力・表現力等」を育成するために、「実社会・実生活における言語の諸活動」に必要な能力を重視する方向性が示された。

高校一年の国語の科目として、「現代の国語」では、評論文や説明的文章を通して実社会・実生活に生きて働く国語の能力を育成し、「言語文化」では上代から近現代につながる文学作品への理解を深めるという目的で、この二つは必修科目として設定された。ここで問題なのは、近現代の文学作品、小説や詩歌などが、古文・漢文と同じ「言語文化」の科目として履修されなければならないことだ。文の種類として古文・漢文は語法の習得のために手間と時間を要するのだが、そこに現代の小説や、韻文もともに扱わなくてはならない。古典を読み深める時間が削られ、文法や語法の習得もままならない。また、古文や漢文と文の種類が全く違う小説や詩歌を同じ授業で扱い、テストに出題するのは、甚だ不自然である。その上、近現代の文学作品を扱う時間も著しく限られ、「言語文化」では「羅生門」と随筆か小説を一つくらい読むのがせいぜいというのが実態である。「言語文化」では、古典も現代の文学も取り扱うため、現古ともに一つ一つの文学作品にかける時間が著しく少なくなってしまった。

高校二年生では、現代の文章を取り扱うものとして、次の二つの中から選択することになった。「論理国語」は多様な文章を理解し、創造的に自分の考えを形成し表現する力を養う。「文学国語」では、小説、随筆、詩歌等に描かれた人物の心情や表現を読み味わい、感性や情緒を育成する。二つのうちどちらかを選択する場合、受験に出題されるのは多く論理的文章なので、多くの学校が「論理国語」を設定する結果になった。ただでさえ、読書量の減少が危惧され、読解力の不足が懸念されているのに、教科書にすら小説が入っていないとすれば、何をきっかけとして文学に親しんでいくというのか。ここでも文学軽視の傾向が現れた。

物事を理解するには、論理的筋道を立てて、数値やデータに基づいて事態を把握し、考えていくこともちろん大切ではある。しかし、未来を切り開き、多様化する社会や世界に向かって行くには、さまざまな立場や価値観の違いを理解し、共感できる豊かな感性を持つ人間が必要なのだ。文学には、個人の立ち至った境遇や、時々の心情がつぶさに表現されている。物事を真に捉えるには、知的理解と同時に感受性によって理解することは必須なのだ。「第二章　4」で具体的に取り上げるが、現在の実体を失った虚構の、高度情報社会の中にあって、人間の生きた声を伝える「文学」によって想像力を大きく膨らませ、人間性を涵養していくことこそ大切にされるべきなのだ。

古典を出発点として、我々が現在抱えている問題点を、「生命」「自我」「ジェンダー女」という三点に集約させて、現代へとつなげていこう。鎧をかぶって顔の見えない武将の、涙と笑いがみえるように。御簾と几帳の内に臥す王朝の女性たちの、心の内がよめるように。教科書の文章だけでなく、できる限り作品全体や作者そのものが浮かび上がるように。調べて書いてみよう。そして古典の面白さを少しでも感じてもらいたい。古典と今のつながりがすこしでも浮かび上がるようにしたい。微力ながらも、文学の復権を目指していこうと思う。

目次

Ⅲ　ジェンダー　女の章

Ⅰ 生命の章

私たちはどこからやってきたのだろう。今「在る」ということは、命が宿っていることだ。発展を目指して突き進んできた人類、だが、その行く手は暗く鎖されている。人のとがった頭と心を、ふっと解放し、のびのびさせ、立ち止まって「命」について考えさせてくれる古典、老子・荘子。今何より見つめ直すべき観点がそこにある。

1

目に見えない大切なもの、「水」をめぐる物語
――老子――

老荘思想とのめぐり合い

もう何十年も前のこと、私が高校生だったころ、とても好きな授業があった。先生はおもむろに教室に入ってこられると、遠くを眺めるように、そして静かに授業を始められた。先生が取り上げた文章は老子・荘子、そして詩人の陶淵明《とうえんめい》。今考えると、道家思想やその流れにある詩文が主だった。生徒たちのだれかが、先生は「老子」研究の第一人者なんだって、と言った。それなら大学の教授になればいいのに、なんで一都立高校の漢文の先生なんだろう、そう思った。その授業の一時間は、広く開け放たれた窓から大陸の風が吹いてきてその向こうに天空が広がっている、そんな感じがした。授業が終わると、今日も、よかったね、そう、ささやきあった。

そんな授業の雰囲気そのままの、のびやかな高校時代から離れられなくて、私は高校の教師になることにした。漢文の教材を研究するために先生の執筆された『新釈漢文大系

老子・荘子 上』の書を手にした。発行当時、書の中に収められた小冊子『新釈漢文大系季報 No.15』の中の、「老子から教えられるもの」という先生の文章に出会った。

老子という書物は、不思議な位に、読む人の心をなごめ、安らかにしてくれる。

（中略）

論語にしても老子にしても確かに古い書物であり、遠い昔の人の言葉を伝えているに過ぎない。現代人の鋭い論理で反駁《はんばく》すれば、或いは矛盾だらけの教えでもあろう。しかし、鋭い論理を持ち合わせている現代人が、ずるずると落ち込んで行っている病弊を癒やす不思議な力を持っていることも疑えない事実である。

昭和十七年秋、当時高等学校の二年生であった私は、言いようのない暗い時代に在って、その暗さが何に由来するかも摑《つか》めぬままに、懊悩《おうのう》の日を送っていた。心の支えを求めて、色々な哲学書を読み漁《あさ》ったが、本当に私を安堵させてくれるものには出会えなかった。（中略）

全く思い掛けないめぐり合いと言うべきであったろう。

鹿児島の天文館通りの金海堂書店で、老子という面白い名の本を何の気もなく取り上げて頁をめくって見た。

　第一章は難解であった。第二章、第三章と次第に吸い込まれ頁を追って行くうちに、それまで、まだ誰からも教えられたことのない、あの真理に満ちた逆説が、私の心を鎖《とざ》していた氷塊の如《ごと》きものを、次第に融かし、流し去って行くのを覚え、たとえようのない恍惚感にひたって読み耽り、時の経つのを忘れていた。

　人の心の悩みを解く、これほどの書物があったのか！　中国の古典に対する驚きと憧れは、一挙に私の心に深く根を下し、私の生涯を決した。

　中国古典、とりわけ老荘をより深く探り、私と同じような悩みを抱く青年に、慰めを与えたい、そんな気持で中国哲学の専攻を志したのであった

（傍線、ふりがな　筆者）


　先生は暗い太平洋戦争中に旧制高等学校時代を過ごされ、老荘思想に宿る本質に救いを見いだし、それを読み深め伝えることで、我々高校生の悩み苦しむ心を解放しようと志していらっしゃったのだ。そこに先生の生きる道を見いだし、授業を続けてこられたのだ。

先生の生き方は、地位や名誉や一切の富貴と全く無縁の、絶対的自由の道家の精神、価値

観の体現であったのだ！　先生の授業はその意思に貫かれた日々の積み重ねであったのだ！

そのことが私の心の奥深くにずんとしみわたり、ゆさぶられ、涙があふれ出てきてしまった。

二〇二二年、共通テスト初日に、十七歳の高校生が、東京大学の前で受験生ら三人を包丁で刺したという事件があった。少年は弟妹が障害や心的疾患を抱えており、自立するために医者になろうと東大理三を目指したが、成績が伸び悩んだ。高二の秋に三者面談で志望校変更を勧められ、受け入れがたく犯行に及んだ。「無差別殺傷事件を起こして自殺しようとした。危険で悪質な犯行だ」として懲役六年から十年の不定期刑を言い渡した（NHK NEWS WEB　二〇二三年十一月十七日）。なぜ東大の医学部を目指すのか、成績が伸び悩んでそれがかなわないとなぜ凶悪な犯罪に走るのか。偏差値の高い大学に入ることが最も価値があるとする「病弊」が彼を追い詰めたのではないのか。同じ年に共通テストを携帯で映し取り、答えを送ってもらった女子大生は、今いる大学に満足できず、受け直したかったからという。これも同様だ。

何のために学ぶのか。「世界」を知り「自分」を見つめ、生きる道を見いだしていくものではないか。「教養」とはそのためのもので、偏差値を上げるためではないのではないか。もちろん受験という関門が現実にはあるのだが。

私は高校での山本敏夫先生の影響もあり、老荘や陶淵明の文章に心惹かれた。今、老荘思想の持つ「真理に満ちた逆説」とはどんなものか、その逆転の思想がどうして救いになるのかを明らかにしたいと思う。ここで、高校の教科書にも取り上げられる有名な文章をいくつか紹介してみよう。

「道家思想」の「道」とは何？

孔子や孟子の言う「道」は、「人があるべき理想の生き方」で、「仁」（思いやり、慈しみ）に代表される人生の姿勢とでもいうものだ。

一方の老子や荘子の言う「道」は、自然やもっと広く宇宙に宿る生命の真理で、見えずつかめないながらも大切で、確かに存在するものだ。老子は目には見えない「道」の存在を「水」に例えている。

「水」そして「目に見えない大切なもの」に関する次の二つの文章を見てみよう。

若いおサカナが二匹、
仲良く泳いでいる。
ふとすれちがったのが、
むこうから泳いできた年上のおサカナで、
二匹にひょいと会釈して声をかけた。
「おはよう、坊や、水はどうだい？」

そして二匹の若いおサカナは、
しばらく泳いでから、はっと我に返る。
一匹が連れに目をやって言った。
「いったい、水って何のこと？」（中略）

このおサカナの小ばなしの
肝心かなめのポイントは
あまりにもわかりきっていて
ごくありきたりの
いちばんたいせつな現実というものは
えてして
目で見ることも
口で語ることも
至難のわざである
ということです。

（『これは水です』）

「さっきの秘密をいおうかね。なに、なんでもないことだよ。心で見なくちゃ、ものごとはよく見えないってことさ。かんじんなことは、目に見えないんだよ」

（『星の王子さま』）

『これは水です』はアメリカの作家が大学の卒業式に招かれスピーチしたもの。これも目には見えない大切なものを「水」のたとえで表現している。また、「かんじんなことは目に見えない」という言葉は『星の王子さま』の世界を支える重要な言葉だ。

「水」はなぜ「道」なの？

老子は「道」のあり方について、次のように言う。

上善如水。水善利万物而不争。処衆人所悪。故幾於道。（老子第八章）

上善は水のごとし。水善く万物を利して争はず。衆人の悪《にく》む所に処《お》る。故に道に幾《ちか》し。

最もすぐれた善とは水のようなものだ。水はあらゆるのものを潤し恵みを与えて、しかし水自身は（入れ物に合わせて自由に形を変えるように）決して他の物と争うこともない。だれもがいやだと思う低い場所に（流れていって）満足している。だから水は最も「道」に近いといえるのだ。

この世にある全ての命を育むのは「水」である。しかし水は己の存在を決して主張したりせず、なすがまま自然にまかせて柔軟に姿を変える。下へ下へと流れて静かに存在する。

相対的価値に分断された社会では、優れていて、高いもの、有益であることを目指して争い、自己主張し、傷つけ合う。一方、「水」はあらゆるものの命の根源にありながら、決して意識されず、つまり見えず、ひっそりと命を生み育てる「母」なる存在なのだ。それがつまり、老子のいう「道」ということだ。

この有名な「上善如水」というのは、すっきりとした味わいの、雪国新潟が産んだ銘酒の名前になっている。

天下柔弱、莫過於水。而攻堅強者、莫知能勝。其無以易之、弱之勝強、柔之勝剛、天下莫不知、莫能行。

（老子第七十八章）

天下の柔弱なるもの、水に過ぐるは莫《な》し。而《しか》も堅強を攻むる者、能《よ》く勝《まさ》るを知る莫し。其れ以て之に易《か》はるもの無し。弱の強に勝ち、柔の剛に勝つは、天下知らざるもの莫きも、能く行ふは莫し。

この世の中で、水ほど柔らかくしなやかなものはない。しかし、堅くて強いものを攻撃するのに、水より優れたものを知らない。ほかに水に代わるものがないのだ。弱いものが強いものに勝ち、柔らかいものが剛いものに勝つという道理をこの世で知らない者はないのに、これを実行できる人はいない。

「点滴岩を穿《うが》つ」とは、ほんのわずかな一滴一滴が岩に穴を開ける力を持つことを意味する言葉だ。先の震災の津波や、各地で起こった洪水の被害でも、水の威力を思い知らされた。「水攻め」でせき止めた水を城内に導き、水浸しにし、城を撃つこともある。一見、柔らかく弱い「水」は、弱く柔らかい故に、最も強い存在になる。「水」に見られる柔弱の力は、へりくだって全てを受け入れるところから生じていることも指摘している。こういう物の見方が「老子」の逆説で、普段見えない真理を浮かび上がらせている。

見えない「無」の存在のために「有」がある

「水」と同じように私たちに意識されないながら、よく考えてみると重要な働きをなしているものがある。

挺埴以為器。当其無有器之用。鑿戸牖以為室。当其無有室之用。故有之以為利、無之以為用。

（老子第十一章（冒頭省略））

埴《しょく》を挻《せん》して以て器を為《つく》る。其の無に当たりて器の用有り。戸牖《こゆう》を鑿《うが》ちて以て室を為る。其の無に当たりて室の用有り。故に有の以て利を為すは、無の以て用を為せばなり。

粘土をこねて器を作る。その器の何もない空間があるから物を入れるという器のはたらきがなされる。戸や窓の穴を開けて家を作る。その何もない空間があるから部屋のはたらきがなされる。このように物が存在することで人に利益をもたらすのは、存在しない無が隠れたはたらきをしているからだ。

家を作るとき、当たり前ながら壁や屋根、窓など目に見える物をどうするか考える。筆入れはその素材や形、デザインを考えて選ぶだろう。しかし、最も必要なのは物を入れる空間、人が暮らす空間だ。最も必要なのは「無」で、物の存在つまり「有」しか意識されないが、「無」があってこその「有」なのだ。

西洋の油絵が余すところなく全て塗りきるのと異なり、墨一つで描く山水画は、何も描いていない「無」の空間が、墨の濃淡で表された「有」を浮かび上がらせて、作品の重要な働きをなしている。

この話をした後、生徒の一人がこんなことを言った。

「それじゃあ、ぼくたちできないやつがたくさんいるから、できるやつを目立たせているっていうことか。」と言って、からからと笑った。そうだよ。存在は、できるできないを超えているからね。

老子の言う「道」もこのように見えないながら、絶対的に存在するものと捉えられる。私たちの生命がここに存在するのも、自然の絶対的な力の計らいによるものだ。もちろん両親の肉体を通して存在してはいるが、どんな人間になるのかは、両親やまして自分の意志などが入り込むことのできない無作為の技というしかない。自分の「生」は選べない。

仕事ができなければリストラされる現実があり、そのために数値目標を設定してがむしゃらに努力するだろう。それはけなげで立派なことに違いない。でも、ちょっと視点を変えてみるとどうだろう。物や情報に支配されず（それはなかなかできないことだが）、自身がどうしているとのびのび力を発揮できて楽しいのか。自分の本然にあった生き方でいいのではないか。できる、できない・善悪・美醜・高低・貧富、全ての相対的価値観の支配から解放され、絶対的自由の世界に向かうことが「道」なのだろう。道家思想で最も尊重されるのは、「生命」なのだから。

「水」のもたらす気づき

「水」は決定的瞬間に登場する。

視力・聴力がないから、自然と話すこともできなかった三重苦のヘレン・ケラーが、「奇跡の人」と言われるサリバン先生によって世界が開かれる場面がある。サリバン先生はヘレンの手に井戸の水を流しかけながら、その手に指文字で「water」と綴る。それまで、なんども水に触れながら指文字で「water」と綴られたが、「mug」（カップ）と綴られた時との物の区別がつかなかったのだ。手に感じる冷たい水の鮮烈な流れと指文字の「water」が初めて切り結ぶ。物の意味、存在の名前を知ったヘレンの、見えない聞こえない世界は一挙に開花する。

20頁の『星の王子さま』の言葉にもどってみよう。

王子さまとともに時間を過ごし友達になったキツネが、別れるときに打ち明けた言葉だ。王子さまの星にある一本のバラの花は、気難しくいろんな注文をつけて王子さまを煩わせる。王子さまはその花から逃れるように、星々を回って地球にたどり着いた。キツネに言われてバラの畑に行き、たくさんのバラと王子さまの星のバラは、同じバラだと知る。しかし王子さまにとって「たった一つのバラ」だと気づいて、そのバラのもとに帰ることを決意をする。

飛行機が砂漠に不時着し、なんとか飛行機を直して生還しようとする「ぼく」は、砂漠の中に井戸を発見する。

この王子さまの寝顔を見ると、ぼくは涙の出るほどうれしいんだが、それも、この王子さまが、一輪の花をいつまでも忘れずにいるからなんだ。

ぼくは、つるべを、王子さまのくちびるに持ちあげました。すると、王子さまは、目をつぶったまま、ごくごくとのみました。お祝いの日のごちそうでもたべるように、うまかったのです。その水は、たべものとは、べつなものでした。

「きみの住んでるところの人たちったら、おなじ一つの庭で、バラの花を五千も作ってるけど、…じぶんたちがなにがほしいのか、わからずにいるんだ。」

（中略）

「だけど、さがしてるものは、たった一つのバラの花のなかにだって、すこしの水にだって、あるんだがなあ…」

（『星の王子さま』）

王子さまの飲んだ「水」は単なる「たべもの」でももちろん「のみもの」でもない。「ぼく」は黄金色の髪をした王子さまの笑い声が大好きだ。それは「五億の鈴」となって「ぼく」の心に残り、「ぼく」がのましてくれた「水」は「五億の泉」となって王子さまの心に宿るのだ。

「星の王子さま」の「目に見えない大切なもの」とは何か、分かるのではないか。

ささてとんだ寄り道をしてしまった。

普段は意識されない「水」だが、やはり生命という、存在にとっては最も根源的なものであることが、この二つの例に象徴的に現れているようだ。

SDGs　現代の課題と老子

目に見えるものの発展を重視して、意識されない「水」や「大気」がどんなに犠牲を受けてきたか。現代、人類が立ち向かわなくてならない課題は、すでにその大半が「老子」の思想に示されている。老子は、ありのままの自然を尊重し、差別や戦争を否定し、「水」のように柔らかく自由で尊い生き方を説く。

「水」がなければ、生命は誕生しなかった。海がなければ、生き物はなかった。人間の体液に塩分が含まれているのも、海から生まれたということの証なのか。次に『荘子』の書物に見られる思想、「万物斉同《せいどう》」の理について述べようと思う。生命に区別はなく、「道」の中では一如である。また、ここでも奇想天外とも言える発想が示される。

※漢文の書き下し文・訳文は筆者。

参考文献

阿部吉雄、山本敏夫、市川安司、遠藤哲夫（一九六六）『新釈漢文大系　老子・荘子　上』明治書院
小川環樹訳注（一九七六）『老子』中央公論新社
森三樹三郎（一九九四）『老子・荘子』講談社
サン・テグジュペリ著、内藤濯訳（一九六二）『星の王子さま』岩波書店
デヴィット・フォスター・ウォレスト著、阿部重夫訳（二〇一八）『これは水です』田畑書店
ヘレン・ケラー著、小倉慶郎訳（二〇〇四）『奇跡の人　ヘレン・ケラー自伝』新潮社

2

生命の感受「つながる」と「分かる」をめぐる物語
――荘子――

老子と同じく「道家」の思想家で、さらに生命の「道」を探究した荘子。その「万物斉《せい》同《どう》」（全ての物は「道」において差別、区別はなく、一つである）の理から展開される、巨大な森を、散策してみることにしよう。

荘子の向かった壮大な世界

戦国時代、楚王が荘子の人徳を知り、従者を使わして荘子を宰相《さいしょう》（総理大臣）として招いたことがあった。釣りをしていた荘子は、楚王の正使に対して振り返りもせず、「わしは生きた亀として泥の中を這いずり回っていたいゆえ、箱入りの死んだ亀の甲羅となって大切にされ、占いに使われるなんて、まっぴら御免！」と追い返した。このエピソードはとても有名だ。先に取り上げた老子という人物は、どうやら実在が疑われ、「道家」の祖として作り上げられたという説が濃厚だ。一方、この荘子は、楚王との関わりが記されているように、確かに存在した人物で、「道」（自然、宇宙に宿る生命の理）の思想について、寓話を用いた豊かな世界を創出し、伝えている。

北冥《ほくめい》に魚《うお》有り。其の名を鯤《こん》と為す。鯤の大いなる、其の幾千里《いくせんり》なるかを知らざるなり。化して鳥と為る。其の名を鵬《ほう》と為す。鵬の背、其の幾千里なるかを知らざるなり。怒《ど》して飛べば、其の翼は垂天の雲のごとし。是の鳥や、海運《うご》けば則《すなわ》ち将《まさ》に南冥《なんめい》に徙《うつ》らんとす。南冥とは、天池なり。齊諧《せいかい》とは、怪を志《しる》す者なり。諧の言に曰《い》はく、「鵬の南冥に徙《うつ》るや、水に撃《う》つこと三千里、扶搖《ふよう》を摶《う》ちて上《のぼ》る者九萬里、去りて六月《りくげつ》以て息《いこ》ふ者なり。」と。

（『荘子　内編』逍遙遊《しょうようゆう》第一）

北の果ての暗い海に魚がいた。その名を鯤と言った。鯤の大きいことは幾千里とも分からないほどだ。この魚が姿を変えて鳥となり、その名を鵬という。鵬の背丈は幾千里あるかも分からない。勢いづいて飛び立つと、翼は天空に立ちこめた雲のようであった。この鳥は海が荒れると南の果ての暗い海をさして移っていこうとする。南の海とは天が作った池である。斉諧とは怪奇な物語を書いた人物だが、この書に次のように述べている。「鵬が南の果ての海に移ろうとすると、翼で三千里の海原を打って、そのとき起こるつむじ風に羽ばたきながら九万里もの上空にのぼり、こうして飛び続けて六ヶ月、南の海に着いて休息する。」

『荘子』の書は、この文章から始まる。この「逍遥遊」という章の名は、現実世界にある「貧富・善悪・美醜・高低・是非」等々人々を拘束し、悩ませる様々な区別から解放し、壮大な世界にのびのびと遊ぶ、ということを意味している。ここでは、自由の境地に遊ぶ荘子の心持ちが、数千里もの大きさの巨大魚や巨大鳥となり、想像の翼となって羽ばたいているようである。その規模のなんと大きいことよ！

かつて楚王の申し出を拒絶した時は、泥の中を這い回る「亀」、そして広大な海を思えば北の海の「巨大魚の鯤」となり、限りなく広がる天空を見れば、飛び上がって雲と見まがう「大きな鳥の鵬」となり、海原から三千里の波を打って羽ばたき、六ヶ月飛び続け、眼下に見える世界を青一色ととらえて南の海へ移っていく。荘子という人は、なんたる広大な時空に自由自在に魂を飛翔させるのだろうか。亀も鳥も魚も、はたまた海や空もすべて一体で、荘子は思いのままに「荘子」自身となる。

夢と現実、蝶と人間

荘子は夢と現実の境目を通り抜け、なんと「蝶」にもなっていた。

昔者《むかし》荘周夢に蝴蝶と為る。栩栩然《くくぜん》として蝴蝶なり。自ら喩《たの》しみて志に適《かな》へるかな。周たるを知らざるなり。俄然として覚むれば、則ち蘧蘧然《きょきょぜん》として周なり。周の夢に蝴蝶と為るか、蝴蝶の夢に周と為るかを知らず。周と蝴蝶とは則ち必ず分有らん。此を之、物化《ぶっか》と謂ふ。

（『荘子　内編』斉物論第二）

いつのことか、荘周が夢で蝴蝶となっていた。私はひらひらと飛び回る蝴蝶そのもので、楽しく心ゆくままであった。自分が荘周であることに気づかなかった。突然、目が覚めてみると、なんと驚いたことに自分は荘周であった。いったい、荘周が蝴蝶の夢を見ていたのか、それとも蝴蝶が荘周の夢を見たのか、分からない。しかし、荘周と蝴蝶では区別があるはずだ。このように感じられるのは（本来は一つの生命なのに）物の変化というものが現れるからだ。

夢から目覚めたとき、夢があまりにも生々しく感じられ、夢の中の自分が現実の自分であり、今寝床で横たわっている自分の方が夢ではないかと思うことはよくある。夢が現実だと思われるなら、それでいいではないか。本来「道」においては生命は一如であり荘子も蝶も区別はないが、物に区別をつけているのは、生命が千変万化して現れる多様な「相」を区別して、異なる「物」と認識しているに過ぎない。荘子自身、のびのびと飛び回る蝶なのだ。蝶も荘子も、現実も夢も区別をつけなくたっていいのだ。

この「蝴蝶の夢」と同じく有名な荘子の寓話に「渾沌《こんとん》」（『荘子　内編』最後の文章、応帝王第七）という話がある。南海と北海の帝王は真ん中の王渾沌にたいそうよくしてもらったから、二人で渾沌にお礼をしたいと思う。そうだ！　渾沌には人の顔にある七つの穴（目耳鼻口）がないから、一日一つずつ開けてやることにしよう！　そうして七日目、渾沌は死んでしまった、という話。本来区別なく「渾沌」たる生命に、さかしらの人為により「分化」を施すことは「死」を意味する。いわゆる「無為自然」たる生命が「渾沌」であり、南北という相対的区別のある王たちが「人為」を加えることで自然は死滅していく。現在世界中に起こっている環境破壊と汚染、森林減少などとこの話が直接つながっていることは、明らかだろう。本来、荘子もわれわれ人間たちも、魚も鳥も蝶も全てが等しく生命を持つ「自然」なのだから。

この「万物斉同」の理は、『荘子』の思想の中で最も重要な核をなしている。

生き物は本当に一つなのか――その科学的裏付け――

新聞下段にあったこんな雑誌宣伝記事を見て、驚いた。「AERA 22.2.28」発売「ブタ心臓移植の可能性」

えっ！　さっそく近所の図書館でその記事を見た。

「心臓移植手術の希望者は年々増え、待機期間も延びている。今年1月、アメリカでブタの心臓を人間に移植する異種間手術の実施が報ぜられた、移植医療の現場を取材した」こう本文の小見出しにある。その後各新聞（二〇二二年三月十日）に「ブタ心臓移植、世界初の米男性が死亡　術後二ヶ月」という記事が出た。術後拒否反応が見られず、リハビリを進めていたが、容体が急変した。拒絶反応が出ないよう、ブタの心臓には遺伝子操作がなされていた。死亡の原因は、ブタの心臓からブタ固有のウイルスに感染したことだと判明した。ウイルス対策は可能なので、今後はこの研究をさらに進めていくという（朝日新聞二〇二二年九月四日）。生体間移植はもはや当たり前、移植できる心臓の数が不足している現状で、ブタの心臓まで使われるとは。ブタと人間の心臓、いやはや臓器もかくまで一如であるのか！

その後、人間に臓器移植をしても拒絶反応が起きないよう遺伝子を改変したブタが日本で誕生したということだ。すでに世界では、脳死者にブタの腎臓移植した例が五例、心臓移植した例が二例報告され、拒絶反応は見られなかったという（朝日新聞二〇二四年二月十四日）。さらに世界の注目が高まり、「『異種移植』の研究競争が激しくなっている」という（朝日新聞二〇二四年六月十五日）。

ＮＨＫテレビ「チコちゃんに叱られる！」で「恒温動物の体温は三六から三七度なのはなぜ？」という内容を取り上げていた。答は、「生き物の活動に最も適した温度だから」ということだ。そうか、恒温動物の体温はみんな同じなのか、豚も兎も鳥も人間も。これまた体温一如！

また、人間の体液の塩分濃度は〇・九％[※1]（生理食塩水）で、これは脊椎動物が海の中で誕生したときの海水の濃度だという。そして人間が生命の発生時に宿る子宮、この海の中で我々は分裂成長していくわけだが、その子宮の海の濃度もこの塩分濃度である。この塩分濃度を持った生物が進化して陸に上がり、様々に分化してきた動物たち。だから、人間も他の動物も魚に至るまで、同じ塩分濃度なのだ。これまた体液塩分一如！

高校時代生物の授業で最も衝撃を受けたのは、「個体発生は系統発生を繰り返す」[※2]（反復説）という、エルンスト・ヘッケルの唱えた説だ。受精卵が分裂し発生する過程で、その動物の進化の過程を繰り返す形が現れる、というものだ。たとえば、ヒトの場合、発生の初期段階でヒトには不必要な「鰓《えら》」が現れて、四肢が生成され、その後に鰓が消失するのは、哺乳類が鰓を持つ魚類から、両生類を経て進化した過程を再現していることを意味する。最初は否定されがちなこのヘッケルの論であったようだが、近年は発生過程の胚から生じる排泄物（アンモニア）が進化の過程をたどるように変化していることがわかり、その説が裏付けられるようになったという（反復論には否定的な見方もある『ブリタニカ国際大百科辞典』）。

「私」という存在は、生命の発生という見えない時間の中で、「魚」となり海をのびのび泳いでいて、まあ陸にでも上がってみようかと蛙となりゲロゲロ鳴き、木に飛びついて鳥となり、あれまあ猿となって、「私」と化したのか。この授業を聞いたとき、私は容易に魚、蛙、鳥、猿となり、その自分を薄気味悪く思うと同時に、生物のつながり、「生命の普遍」の有り様を体感したのだった。進化の元をたどれば生物一如。

「魚の楽しみ」は「分かる」？

荘子がいくら自然は一如だと主張しても、区別ある他者と心はつながるのだろうか。「魚の楽しみ」（「知魚楽」）と言われている面白い話を紹介しよう。

荘子、恵子と濠梁《ごうりょう》の上《ほとり》に遊ぶ。荘子曰《いわ》く、「鯈魚《ゆうぎょ》出で遊びて従容《しょうよう》たり、是れ魚《うお》楽しむなり。」と。恵子曰く、「子《し》は魚に非《あら》ず。安《いず》くんぞ魚の楽しむことを知らん。」と。荘子曰く、「子は我に非ず。安んぞ我の魚の楽しむを知らざるを知らん。」と。恵子曰く、「我は子に非ざれば、固《もと》より子を知らず。子も固より魚に非ざれば、子の、魚の楽しむを知らざるは、全《まつた》し。」と。荘子曰く、「請《こ》ふ、其の本に循《したが》はん。子曰ふ、『女《なんじ》安んぞ魚の楽しむを知らん。』と云ふ者は、既《す》已《で》に吾の之を知るを知りて我に問へり。我は之を濠の上に知るなり。」と。（『荘子　外編』秋水第十七）

荘子が友人の恵子とともに掘り割りのあたりをぶらぶら散歩していた。荘子が言うことには「魚（はや）が出てきてのびのび泳いで気持ちよさそうだ。魚が楽しんでいるんだな。」恵子が言うことには「君は魚じゃないのにどうして魚が楽しんでいるって分かるのか。分かるわけないじゃないか。」荘子が言うには、「君は私ではないよ。どうして魚が楽しんでいることが私には分からないっていうことが君に分かるのか、分かるはずはないよ。」恵子が言うには、「もともと僕は君ではないから君のことは分からないよ。それと同じく、君は魚じゃないから魚の気持ちはわからないというのは明白なことだよ。」荘子が言うには、「話を元にもどそう。君が『魚でない僕が魚の楽しんでいるのを知るはずもない。』と言ったことは、すでにそのときに君は僕が魚の楽しんでいることを分かった上で質問したのだ。僕は壕のほとりで魚と一つになり魚が楽しんでいるのを知ったのだ。」

恵子（恵施）は『荘子』の中にしばしば登場する人物で、名家（論理学派）に属し、魏の恵王に仕え、大臣となった。荘子と対照的で何に対しても理屈をこねる人物だ。おおらかでこだわりのない荘子と全く性格を異にする人物でありながら、どうやら最も親しい友人であったようで、なんとも不思議だ。両極にあるからこそ互いに影響し合えたのかもしれない。

恵子の立場は、人間と異なった肉体、感覚を持つ魚、あるいは恵子と荘子という異なった人物間では、気持ちなど分かるはずはないという。異なった存在で気持ちが通じ合うなどとは、論理的に証明できることではない。しかし、荘子は生物一如ととらえ、確かに壕のほとりで魚を見たとき、荘子は魚と一体になり、水の中をすいすいと楽しく泳いでいたという気分だっただろう。恵子は荘子の論理の矛盾を責め立て、途中恵子の論に乗ってきた荘子を完全に追い詰める。だが、この恵子の論理は詭弁に過ぎない。実際、荘子はもう魚と化して気持ちよく泳いでいたのは真実だから。それを恵子だって分かっていたくせに、なんでそんな理屈を恵子君はふっかけるのかな？　ということだ。

この荘子の文と、中国の古典説話「魚服記」の、二つをもとにして書かれた文章がある。江戸時代中期の「読本《よみほん》」作家、上田秋成が書いた怪異小説『雨月物語』の中にある「夢応の鯉魚」である。

三井寺の僧興義《こうぎ》は、絵の名手で名高かった。琵琶湖の漁師たちが釣りで取った鯉を買い取り、逃がしては、生き生きと泳ぐ鯉を描いていた。夢の中で水中に入って様々の魚たちと泳ぎ、見た夢のまま描いた絵は絶妙で、多くの人が欲しがったが、決して与えなかった。

ある年興義は病気で寝込み七日後に死んだが、まだ胸のあたりに温かみがあるので、様子を見ていたところ、夢から目覚めたように起き上がり、檀家の館に行って、興義が生き返ったので宴をやめて寺に来い、と伝えろと言う。

興義は、やってきた人々に次のように語る。病気の暑苦しさを冷ますため、琵琶湖へ飛び込んだ。自由に泳ぎ回る魚の楽しみをうらやんでいると、大魚が来て、漁師の取った魚を逃がしてやっていた興義の行いに感謝し、一日だけ金色の鯉となり、魚の楽しみを味わうようにさせてくれた。水中の世界は美しく面白く、のびのびと遊んだ。にわかにひもじくてどうにもならない。漁師の餌にひかれて命を失うなと、先刻受けた戒めにも関わらず、餌を口にし釣り上げられてしまった。檀家の宴席に運ばれ、何度も大声を上げるが、誰も気づかず、料理人の包丁が我が身に入ったと思ったとたん、目が覚めた。

人々は興義の言う通りだったと感心して、館に帰り、残りの鯉を捨てさせた。

興義はその後天寿を全うして亡くなった。

興義の描いた鯉の絵を湖に散らしたところ、描かれた魚が紙から抜け出して水中を遊泳した、という。


のびのびと泳ぎ回る魚の楽しみを知る荘子は、この物語の興義となっている。水の中を気持ちよく泳ぐ、というのは感覚としてよく分かる。それも人間やすべての生物は水の中から誕生したものだからなのだろうか。

なお、太宰治はこの上田秋成の「夢応の鯉魚」、中国古典の「魚服記」に想を得て、最も初期に小説「魚服記」を書いている。渓谷の閉ざされた世界に成長する少女が、暗い現実から逃れるように水に飛び込む。「鮒《ふな》」となり、そして滝壺に吸い込まれていく。魚に変身し、のびのびと泳ぎ回る楽しさ、それは荘子や中国の古典伝承から江戸時代の秋成に受け継がれ、太宰へとつながり流れ込んでいることに、興味は尽きない。

「分かる」は論理的分析、そして感覚的一体化

日本人初のノーベル物理学賞を受賞した湯川秀樹博士は、『荘子』のこの文章が好きで、「知魚楽」と題する随筆の文章で取り上げている（『湯川秀樹著作集6』）。実証できないことは全て認めないなら、科学は進歩を遂げられない。博士は実証し得ないものにも存在の可能性を直感して、考察を深めていくと、存在が明らかになり、実証され得る事を示した。それが、原子核内部の陽子と中性子を結合させる「中間子」の存在の予想であった。中性子の存在が後に事件的に発見されたことで、理論の正当性が認められた。荘子の「魚の楽しみ」は論理的には実証できないが、そうだよなと感覚的に納得させるものがあることは、誰にもわかるだろう。もちろん理屈屋の恵子にだって。認識には二つあり、一つは理性で、つまり論理で「分かる」こと。そして一つは感覚や直感で「分かる」こと。魚ののびのび泳ぐ様を、「ほんと、楽しそう！」と思ってしまうように。物事の本質、真理に達するには、この対立するように見える二つの認識が相まっているのではないか。

「分かる」とは「分く」（分類する）の動詞に、可能あるいは自発の助動詞「る」がついたものと考えられる。「可能」の意味として、物事を分類、整理できたとき、「あ、なるほ

どういうことになるのか」と、整理がついて割り切ったことを意味している。つまり、それは論理的理解だ。一方あることに接したとき、理性より感動や感覚が先立って押し寄せ、激しく心に迫ってくることがある。その場合は「自発」の意味合いで、直感的に通じて共感し、「分かって」しまう場合だ。その二つの「分かる」について、明確に表現された文章に出会った。それは西田幾多郎の「純粋経験」の哲学について述べた、佐伯啓思による次のような文章だ。

西洋哲学というのは、私（主体）の向こう側に世界がある、これを可能な限り厳密に記述し、また正確に分析する、というものであり、ここに西洋の科学が成立する根拠もあった。（中略）「世界」から切り離されたところに「私」、あるいは「主体」がある。だから、「主体」は、花をいかようにも品種改良できる。そこには人間能力の発展や自由の拡張がある。西洋思想や西洋の科学の意味もそこにあった。

しかし、本当にそう考えてよいのだろうか。「私」も「世界」の中にいて、その中で動き回っているのではないか。世界と私は分離してあるのではなく、世界が現れるところに主体は様々な形で「世界」と出会う。（中略）人間が何か物事を知りたくなる、あるいは何かをしたくなる、何か美しいものを見たくなる。そうした情緒を駆り立てられる時、その根底に「純粋経験」がある。ほとんど意識しないレベルで何かに出会ってしまった。何かを感じてしまった。そういう純粋経験がまずあって、そこが一番大事だという。（中略）

人間が何かを知るという端初は、何かがあると感じ、それにまだ名付けることができない段階から始まる。言葉に出てしまった時にはその大事なものが抜け落ちてしまう。言葉にならないその瀬戸際が大事である。（中略）例えば、桜の花を見たら美しいという。（中略）そこに人生のはかなさを託する。（中略）そこでは自分が桜の中に入り込んでいる。自らを桜と一体化している。人々は、伝統的日本文化の中で、このような思いを抱いて桜の花を見てきた。（中略）

神がすべての存在に名前をつけたように、ものには名前がある。ものに名前をつけることができるというのは西洋思想の根本である。（中略）言葉の世界、論理の世界、このロゴス中心主義が西洋哲学の世界であり、だからこそ、西洋では科学が展開したのである。

今日の日本人は西洋哲学にあまりにもなじんでしまった。（中略）何かが始まる一瞬、風がざわざわする。（中略）その「ざわざわ」。それは何か不気味な感じでもあろう。自分を不安にさせるものがある。日本人はそうした強い感受性を歌や文学に表現したのではなかろうか。そうした感受性を研ぎ澄ませるには「もの」の前でできるだけ謙虚になり、自分を無にしなければならない。「我」を捨てて、自然の与えるものに耳をすまさなければならない。それを徹底しようとしたのが西田哲学であったのではないか。

（『高校生のための人物に学ぶ日本の思想史』第五章「無」と日本思想の連関）

ここには西洋の物事に対する捉え方と、日本あるいは東洋的な感受の仕方が、実にくっきりとした形で説明されている。荘子が魚の楽しみを知ったのも西田哲学の「純粋経験」の現れで、恵子が理屈で説明するのは西洋流の「論理」に依るだろう。理屈だけでは大切な何かが抜け落ちてしまう。本当にそうだよと、理屈抜きに世界とつながる、ということはある。

この「純粋経験」はどんなときに生じるのだろうか。多くは、何らかの自然を目の前にして、生きている我々が、同じく命あるものの圧倒的生命力に心を奪い取られる時ではないか。同じ生命をもつものを見て感じ、自己の内にある生命力を喚起され、共感から生じるのではないか。桜が春の呼び声に目を覚まし、ぐんぐん花開き空いっぱいに満ちていく様に。空を羽ばたきながら鳥たちが何千里もの異郷に渡っていく姿に。緑を日に日に濃くして山を染め上げていく樹々に。「私」は世界の中にあり、「自然」の一つとして、空を見て鳥を思い、海を眺めて魚を感じ、山を見て自然の息吹を受け取る。その「生命」に対する共感こそが老子・荘子の言う「道」なのではないか。「生命一如」なのだ。

「分かれ」てしまった現代の課題をつなげて理解する

プラスチックゴミが海に漂い魚を窒息死させ、樹木の伐採により洪水が起き、温暖化で山火事が相次ぎ、氷河は溶け出し、環境の変化により何百もの生物種が絶滅する。気候変動の嵐に見舞われた地球は、待ったなしの存亡の危機に見舞われている。そんな中、戦争で、なんの罪もない人々、その多くの命が奪われている。なんたること。私たちはどうすればいいのか。どのように世界を見て、考えていくべきなのか。

次の文章は、鷲田清一、朝日新聞の「折々のことば（二〇二二年四月八日）」の概略である。

知識は伸びる手であり、「わかる」というのは結ぶことだ　　幸田文《あや》

明治の作家、幸田露伴は娘に、本を読んでものが「わかる」ということの意味を訊《き》かれ、「氷の張るようなものだ」と答えた。知識は知識を呼び、それらの先端が伸び、あるとき急に牽《ひ》きあって結びつく。そうしてこの線に囲まれた水面を氷が薄く蔽《おお》う。それが「わかる」ことだと。

物事の本質を究めてある一つの知見が得られても、それは断片的真実としてあるだけだ。物事同士の本質を結びつけると、一つの現実の『相』が浮かび上がる。全体的視点に立った上で、問題点や進むべき方向性が見えてくるだろう。『SDGs』は遅すぎる当然の方向性だろう。しかし、荘子のように「万物斉同」「生命一如」「無為自然」と言って済ましてしまえるほど問題は単純ではない。自然科学の発展、科学技術の進歩によって人類が築いてきた現在を、「無為自然」の世界に戻すことなどできるわけはない。ただし、前へ前

へと進むこと、経済効果を優先するような、発展思想を疑ってみることはできるのではないか。人類だけでなく地球上のあらゆる生命が豊かに生き延びていくことのできる世界の有り様を改めて考える。まず、第一に老子・荘子の考えの基本、「生命」を第一に尊重していくことが大切なのではないか。そのためにこそ、西洋の「分けて」分析し、考察する観点を使うべきなのではないか。

人類の行く手を阻む問題について各分野の専門家が本質を見極め、実態を明らかにしていくことはとても大事だ。しかし、専門性が極度に分化し他の分野からは理解できないまま進展したり、技術の開発に追われ、自然や社会に及ぼす影響に無関心だったりすることは事態を悪化させてしまう。大切なことは、生命に対する共感力を取り戻すことではないか。「分けて」考えたことを一つに「つなげ」、つねに全体的視点に立ち返る。人間、生き物全体が生命を育み生み出すことの可能な世界を作り出すことではないか。

※1　日本医事新報社電子コンテンツ「体液のキホンを知ろう！」二〇一八年六月十四日
※2　「生物発生原則」「反復説」百科事典マイペディア　生物小辞典　ブリタニカ国際大百科事典　Wikipedia

※書き下し文・訳・注は筆者。

参考文献

阿部吉雄・山本敏夫・市川安司・遠藤哲夫（一九六六）『新釈漢文大系　老子・荘子　上』明治書院
市川安司・遠藤哲夫（一九六七）『新釈漢文大系　荘子　下』明治書院
森三樹三郎訳注（一九七四）『荘子　内篇』中央公論新社
福永光司（一九六四）『荘子　古典中国の実存主義』中央公論新社
森三樹三郎（一九九四）『老子・荘子』講談社
中村幸彦・高田衛・中村博保（一九九五）『新編日本古典文学全集　英草紙・西山物語・雨月物語・春雨物語』小学館
太宰治（一九四七）「魚服記」『晩年』新潮社
佐伯啓思編著（二〇二〇）『高校生のための　人物に学ぶ日本の思想史』ミネルヴァ書房

Ⅱ 自我の章

「私」って何？　一番見えず、分からない存在なのが「自分」だ。源氏の再興を目指した木曽義仲、風雅の道に徹した芭蕉、この二人の「自我」は、ひたすら我が道に進むことと一体であった。その義仲と芭蕉に憧れながら自我意識に苦しんだ芥川龍之介と、その師夏目漱石。そして、自我意識と格闘する『山月記』の主人公李徴に共感できない現在の高校生たち。古典から今へと、いったい「自我」はどう変化してきているのだろうか。

1

『平家物語』木曽義仲の心の「つながり」をたどる物語
――突進する自我――

『平家物語』は人物たちの笑いと涙、汗のにおいと馬のいななき、そんなものが文章からあふれ出てくるような作品である。中でも、「木曽最期」は、なんと心打たれる文章なのだろうか。純粋に突き進む義仲《よしなか》、それを支える今井四郎兼平《かねひら》、そして巴御前《ともえごぜん》との心のつながりがくっきり描かれ、義仲と兼平二人の死を以て閉じられる物語。そこに宿る純粋な「魂」、義仲の自我の有り様を読み取っていくことにしよう。

『平家物語』の異本で、源氏軍、板東武者の挿話が加えられている『源平闘諍録《とうじょうろく》』、および多くの説話を取り込み、後世に影響を残した『源平盛衰記《じょうすいき》』を参照し、さらに読み深めていく。

義仲の生い立ちと入京まで

義仲が『平家物語』の中で最初に登場するのは、巻第六「廻文《めぐらしぶみ》」である。以仁王《もちひとおう》（後白河天皇第三皇子）が全国の源氏に「令旨《りょうじ》」（親王の命令書）を出し、各地に雌伏する源氏に平家打倒を呼びかける。平家の横暴に反感を持ち、合戦を立ち上げた源頼政《みなもとのよりまさ》は自害、旗頭《はたがしら》の以仁王は討ち死にした。しかし、それに応えた源頼朝と並んで、信濃国にいた義仲も挙兵を決意した。

義仲は二歳の頃、同族の争いで、父義賢《よしかた》が甥の義平に殺されてしまった。義平が子の義仲をも殺すよう命じたが、義仲を託された斉藤別当実盛《べっとうさねもり》は、殺すに忍びず、母と子を当時勢力のあった信濃の中原兼遠《かねとお》に託した（『源平盛衰記』巻二十六）。兼遠は二十年以上心をこめて養育し、義仲は名をとどめる過去の名武将たちに劣らぬ屈強の武人に成長する。乳母《めのと》（養育係）である兼遠の息子は樋口次郎兼光、その弟が今井四郎兼平で、ともに二人は義仲の乳母兄弟である（樋口、今井は土地の名前からきており、二人は木曽義仲四天王として名高い）。特に兼平は、義仲の一歳（または二歳）年長で、主従である上に、乳母兄弟として強い絆で結ばれ、腹心の部下であった。父を失って寄る辺のない義仲が、幼いながら最初に頼りにしたのは、従者でありながらも少し年上で、常に隣にいて気遣ってくれる兼平であった。二人は死を迎えるまで三十年余りも生死を共にした。

平家の追討軍十万余騎が木曽軍に打ち寄せるが、義仲は火打合戦、倶利伽羅谷《くりからだに》落としで平家軍を大敗させ、続く篠原合戦と、快進撃を続ける。義仲は入京に際し、比叡山延暦寺（当時は僧兵が力を持ち、この勢力は無視できなかった）に対し同意を得る。平家は次々と都落ちし、福原から、さらに西国へと落ちのびていった。

義仲、京での荒くれ

木曽伊予守《きそいよのかみ》義仲《よしなか》は顔かたちきよげにて美男なりけれども、立ち居の振舞ひ、物なんど言ひたる言葉つぎ、堅固の田舎人にて、烏滸《をこ》（馬鹿）なりけり。信濃国木曽の山本といふ所に、三歳より二十余年の間、隠れ居たりければ、人には馴るること無し。初めて都人になれ染めんに、何かはよかるべき。

（『源平闘諍録《とうじょうろく》』巻八之上）

義仲の容姿を「美男」と記述するのは『源平盛衰記』も同じ。小柄で決して美男とは言われなかった義経と違い、義仲は体格堅固、容姿端麗で武将姿が凛々しい男であった。しかし、木曽の田舎育ちで、都人《みやこびと》との関わりがないため、礼節知らずだった。目を見張るスピードと爆発力で入京し、「朝日の将軍」と讃えられた義仲であったが、貴族と同化していた平家とは打って変わって、荒々しさと無礼の嵐が京中になだれ込んだ。

田舎育ちの武人義仲は、貴族たちの風習を知るはずもない。居住地の名から「猫間」中納言という者が相談にきたとき、義仲は中納言を「猫」呼ばわりしてしまう。また、狼藉《ろうぜき》を鎮めるよう後白河法王の命令を伝えに鼓判官知康《つづみほうがんともやす》が訪れたとき、「人に打たれたり張られたりしたから、鼓の名前がついたのか」と聞く。義仲は人名にこだわり、疑問を持つと、相手の来意も全く気にかけない。義仲の無邪気さゆえであり、決して悪意はない。

都に押し寄せた板東武者たちの乱暴狼藉に人々は恐れをなし困り果てているのに、義仲は武士たちが食糧を求めて荒らし回るのは仕方の無いこととして改善しようとしない。知康の「義仲は馬鹿者だから、急いで討て」という助言に従い、法王は延暦寺や三井寺の荒法師たちに命じて義仲を攻撃する。今井四郎は「法王に合戦を仕向けてはならず、降参するべきだ」と助言したが、武に誇る義仲は、攻撃を決行し合戦に勝ち、法王を幽閉してしまう。関白基房が大切に育てていた姫君を我が物にし、貴族四十九人（清盛は四十三人）を免官し、平家以上の悪行と言われたのがこの義仲のクーデターであった。

（『平家物語』巻第八「猫間」「鼓判官」「法住寺合戦」より）

義仲は貴族社会の風習や政治を理解しようとせず、武士の流儀で突き進み、法王まで負かしたことに有頂天になってしまった。天然児の武人であるだけで、既成社会に配慮や調整が求められる政治家には全く不向きなのだ。

それはちょうど『史記』の「項羽本紀」の項王と劉邦（沛公）を思い起こさせる。先に秦を破って咸陽宮に入った沛公は、家臣の忠言を守り宮室を閉ざし、引き返して陣を敷き、思慮深い行動故に秦の人々の信頼を得た。一方、「鴻門の会」後、圧倒的な軍勢から天下を我が物にした項王は、咸陽宮に入り宮室を焼き払い、乱暴の限りを尽くした。義仲に沛公のような思慮が無かったのは項王と同じだ。項王と義仲は人間味あふれる情熱の武人で、

『史記』の「項王の最期」と『平家物語』の「木曽最期」は、次第に追い詰められていく描写が近似している。ともに武勇に秀でていても、一国を治める政治家の器量は全くなかったのだ。

情に厚く、ひたむきな義仲の人間性

義仲が思慮を欠く野生児である一方、『平家物語』では、実に魅力的な人間としても描かれている。義仲の言動から、人の心をとらえてしまうその人間性をたどってみよう。

> 義仲が、叔父の行家をかばったことに頼朝が謀叛の疑いを持ち、開戦寸前となった。義仲は、攻め上ってきた途上の頼朝に、十一歳になる嫡子の清水冠者義重《しみずかじゃよししげ》を送った。
> （『平家物語』巻第七「清水冠者」より）

頼朝と二人で平家を打ち倒そうとしているのに、その前に二人が争えば源氏軍の痛手は大きい。義仲は跡継ぎで長男の義重（『源平盛衰記』には、兼平の妹の子とある）を人質として託した。義仲にとってつらいことだが、英断であっただろう。『源平盛衰記』には、この話を聞いた義仲軍の妻たちが義仲の思いに感動して、夫たちの奮戦を期待したとある。
平安時代では貴族が、戦国時代では武将たちが、婚姻や養子の形で、権力掌握の地盤固めとして信頼関係を築いた。義仲が長男を人質に出したことはその早い表れだと思われる。そこには、なんとしても平家を打倒するという「源氏」、義仲の情熱から来る配慮があった。

石橋山の合戦で頼朝に弓を引き、逃げ戻って平家に仕えていた斎藤別当実盛は、「富士川の合戦」で水鳥の羽音を夜討ちと間違えて敗走したことを恥じていた。実盛は北陸道から進軍してきた義仲軍に向かい、「篠原合戦」で覚悟の通り討ち死にした。実盛は、義仲の父が殺されたとき二歳の義仲を殺さずに助けて中原兼遠に託した、義仲にとっては命の恩人だった。実盛は、平家の大将宗盛に許され、大将の着る赤地錦《あかじのにしき》の直垂《ひたたれ》を着、七十過ぎの老い武者に見えないよう白髪を墨染めし、討ち死にをしたいと語っていた。兼光（兼平の兄）からそう聞き、首実検をした義仲はその心意気に涙した。

（『平家物語』巻第七「実盛」・『源平盛衰記』巻三十より）

実盛の、滑稽と思えるほど武士の名誉にこだわった討ち死にの姿。その純粋な真心があったからこそ、幼子であった義仲の命を救ったのだ。義仲にとって大切なのは、敵味方、身分に関係なく、その澄み切った「心意気」なのだ。

都に入った義仲は平家が山陽、南海道で勢力を回復したと聞き、追討軍を派遣し、自ら山陽道へ向かった。平家軍の瀬尾太郎兼康《せのおたろうかねやす》は北国の合戦で義仲の生け捕りになっていたが、剛力の「殺すに惜しい男」として義仲は斬らなかった。義仲をだまし帰郷して平家軍に加わり戦った瀬尾は、追っ手の今井四郎兼平に攻められ、逃げ延びた。しかし、瀬尾は傷を負った息子の小太郎を見殺しにできず、引き返し兼平と奮戦し、まず小太郎の首を切って、散々に戦い討ち死にした。義仲はこの首を見て、「気力勇気のある真のつわものを助けなかったのは悔やまれる」と言った。

（『平家物語』巻第八「瀬尾最期」より）

瀬尾は大力で心優しい人柄であった。義仲が温情で助けたのにも関わらず、平家に忠義を尽くしたいと信念を貫いた。しかも、一人逃げることはできたが、子を思う故に我が子の小太郎と討ち死にする覚悟を決め、悲壮な最期を遂げた。瀬尾の裏切りなど問題にせず、そのまっすぐな「魂」に心打たれる義仲こそ、また純粋な「魂」の持ち主なのだ。

なお、この「瀬尾最期」で瀬尾が奮戦し討ち死にに至るまでの描写は、「木曽最期」の今井兼平の奮戦の様と酷似している点も興味深い。

女武者「巴」と義仲

主君義仲のこのような純粋な「心意気」に魅了され、家臣の活躍する姿が『平家物語』に描かれる。「木曽四天王」と呼ばれた今井兼平、樋口兼光、二人は義仲の乳母兄弟、根《ね》井行親《のいゆきちか》、楯親忠《たてのちかただ》二人は親子。四人が主君義仲に忠誠を誓い、最後まで義仲と心一つに戦ったのは、信濃で郷里を共にしたゆえだ。もう一人「木曽最期」で鮮やかな活躍をするのが巴御前《ともえごぜん》だ。

木曽殿は信濃より、巴、山吹とて、二人の便女《びんじょ》（召使いの女性）を具せられたり。山吹はいたはり（病気）あって、都にとどまりぬ。中にも巴は色白く髪長く、容顔《ようがん》まことにすぐれたり。ありがたき強弓精兵《つよゆみせいびょう》、馬の上、かちだち、打ち物持っては鬼にも神にもあはうど（向かおうと）いふ一人当千のつはものなり。究竟の荒馬乗り、悪所おとし、いくさといへば、札良《さね》き鎧《よろい》着せ、大太刀、強弓持たせて、まづ一方の大将にはむけられけり。度々の高名肩をならぶる者なし。されば今度も、おほくの者どもおちゆき、打たれける中に、七騎がうちまで巴はうたれざりけり。

（『平家物語』巻第九「木曽最期」）

「巴」は謎に包まれた人物である。『源平闘諍録』には「きはめて貌《かお》良き美女の、年三十に成りける」「この伴絵《ともえ》と申すはこれは樋口の次郎が娘なり。母は挿頭《かざし》とて、木曽殿の美女に召し仕はれけるを、樋口が子とも言はねども、人皆その子と知りてけり。」とある。しかし、樋口兼光は義仲の乳母兄に当たるから、その子が三十歳の巴であるとは、年齢上合わない。

また、『源平盛衰記』には、こうある。今井でも樋口でもなくめっぽう強く激しく攻撃してくる敵はだれかと、畠山が従者に尋ねると、「あれは木曽の御乳母の中三権頭《ちゅうぞうごんのかみ》（中原兼遠）の娘巴にござる。」と言う。畠山重忠は女ならば生け捕りにしようと思う。『盛衰記』に依るなら、巴は、今井、樋口のきょうだい（妹？）で、義仲とは乳母兄弟ということなる。だが、他の文献には巴についての記録がないので、詳細は分かっていない。

頼朝に派兵された源義経軍の大軍（二万五千騎『盛衰記』）が都に押し寄せた。既に今井の主力部隊を宇治川に派遣しており、迎え撃つ義仲は百騎ばかりで応戦するという窮地に陥った。巴が都での激戦を切り抜け、最後まで義仲を力強く支えて大津の打出浜にやってきたときは、主従七騎になっていた。

都を脱し大津の勢田に落ちのび、義仲と今井兼平が再会し旗を揚げ、集まった三百騎余りで最後の戦をする。敵の六千騎を突破し次々と押し寄せる敵軍の中を打ち破って行くうち、ついに主従五騎になった。「最後の戦に女を連れていたと言われるのは恥ずかしいから、逃げろ」と何度も木曽殿から言われ、巴は最後の戦を義仲に見せるため評判の大力の御田《おんだ》八郎の首を切って、東国へ逃げていった。

（『平家物語』巻第九「木曽最期」より）

義仲は巴をかばい命を助けたい、巴は義仲の為になんとしても武勇を立てたい。このように二人が互いを思い合う気持ちの深さが、剛勇巴の鮮やかな活躍を通し、くっきり浮かび上がる。

義仲の望み「一所で打ち死に」の招いた「純粋」な最期

とうとう義仲と今井の主従二騎になってしまった。義仲は鎧が重いと弱音を吐く。兼平は励まし、義仲を粟津の松原で自害させようとする。木曽殿は「義仲都にていかにもなるべかりつるが、これまで逃れ来るは、汝と一所《いつしょ》で死なんと思ふためなり。所々でうたれんよりも、一所でこそ打ち死にをもせめ」と言い、兼平と二人で討ち死にしようとする。

義仲の望む「一所で打ち死に」とはどういうことか。

既にうたれんとすること度々《どど》に及ぶといへども、かけやぶり、かけやぶりとほりけり。木曽涙をながいて、「かかるべしとだに知りたりせば、今井を勢田へはやらざらまし。幼少竹馬の昔より、死なば一所で死なんとこそ契りしに、所々でうたれんことこそかなしけれ。今井が行方を聞かばや」とて…

（『平家物語』巻第九「河原合戦」）

都で雲霞《うんか》のごとき義経の大軍が襲いかかったとき、義仲は最期の覚悟をつきつけられた。その時何より心につきあげて浮かび上がったのは、兼平のことだ。兼平と「一所で打ち死に」できないのは、何よりつらく、考えられない。涙が流れる。なんとしても兼平のもとに！　その一念が激しく義仲を突き動かし、粟津まで疾走させたのだ。

「死なば一所で死なん」という約束は、『平家物語』に六カ所見えた。主君源仲兼《なかかね》が家臣仲頼《なかより》と（巻第八「法住寺合戦」）、瀬尾が親子で（巻第八「瀬尾最期」）または友人同士（巻第九「二之懸《いちにのかけ》」）、または兄弟で（巻第九「二度之懸」）乳母子と約束通り壇ノ浦で自害した知盛（巻第十一「内侍所都入」）。武士は「どのように死ぬか」は「どのように生きたか」の帰結点として最も大切なのだ。その中でも特に強く表れたこの義仲の思いは、二歳で出会った兼平とともに三十年以上過ごした「つながり」の深さと重さゆえだ。

兼平は危険を顧みず馬を下り、敵に向かおうとする義仲の馬の口先を押しとどめる。つまらぬ家来に不覚を取られるのは「口惜し」いので、なんとか避けて名誉の「自害」をと、必死に説得する。主君思いの兼平には「一所で打ち死に」ではなく、主君の名誉を守ることしかない。義仲はしぶしぶ納得して松原に向かったが、凍って見えなかった深田にはまり身動きがとれない。すぐさま自害すればいいのに、今井を求めて「今井が行方のおぼつかなさに振り仰」いでしまった。武将としては油断で、情けない「不覚」ではないか。今井が恐れていた通り、無防備に今井を求め振り返った義仲の額に、敵の家来の放った矢が刺し抜く。朝日の将軍と讃えられた義仲の死は、なんとあっけなくさみしいのか。

しかし、それは「不覚」でも油断でも無かったのだ。幼子のように純烈な魂で今井を求めた。その切なる義仲の真情が「今井が行方のおぼつかなさに」という簡潔なさらりした表現によって、はっきりと示される。

今井兼平の最期

今井は敵五十騎を前に堂々名乗りを上げ、残された矢を無心に打ち、刀を振り回して奮戦する。とにかく敵の注意を一心に引きつける。時間を稼ぐ。安全確実に主君が松原で「名誉の自害」を遂げられるように。

しかし、今井の耳に届く義仲を討ち取ったという三浦の名乗り。なんということだ！「立派な死」を遂げさせることはできず、最も恐れていた主君の惨めな打ち死に。自分は何のために死力を尽くして戦ってきたのか。憤りと嘆きと無念さから、一気に自己の死を完結させる。「これを見給へ、東国の殿原、日本一の剛の者の自害する手本」自分こそが

「日本一の剛の者」義仲に代わって、いや義仲として「自害の手本」を示そう！　今井の激情が瞬時に壮烈な自害へと駆り立てる。

「太刀のさきを口にふくみ、馬より逆さまに飛び落ち、貫かってぞうせにける」

『平家物語』には多くの自害が描かれるが、この最期は他に例を見ない。（『源平盛衰記』の妹尾兼康《せのおかねやす》に類似の描写があるが、『平家物語』兼平自害の影響下に後日成ったと考えられる。）兼平は生涯義仲の隣にいて主君を支え、盛り立て続けた。冷静沈着で、後白河法皇に対して即刻降参すべきだ、と助言するなど、何よりも理を尊ぶ考えの持ち主だ。その兼平が全てをかけて支えてきた義仲、その死に際して、瞬時に表した苛烈な死に様に、兼平の一生が鮮明に浮かび上がり、胸に迫ってくるのだ。

巴のその後と義仲寺

さて、義仲と兼平の死後、巴はどうしたのだろうか。「鞆絵《ともえ》は鎌倉へ落ち参る程に、和田の左衛門申し預かりて、大力の種を継がん為《ため》と念《おも》ひければ、一人の男子を生ませけり。朝夷名《あさいな》の三郎義秀是《こ》れなり」と『源平闘諍録』にはある。『源平盛衰記』には、巴が鎌倉の頼朝の元に行き、和田義盛が巴を妻として預かり、朝日奈三郎義秀という剛勇の男子が生まれた。しかし、和田の戦いの折りに義盛、義秀が討たれた後、巴は石黒氏を頼り越中の国に移り、出家して仏前の供養をし、九十一歳で亡くなった、とある。巴の亡骸を埋葬した塚に一本の松を植えた、と伝えられるのが、富山県南砺市指定天然記念物「巴塚の松」として、現在に伝わっている。全国に「巴塚」はいくつもあり、史実は確かでないのだが。

義仲寺巴塚（2018年筆者撮影）

義仲の最期の地は琵琶湖のほとり「粟津が原」という景勝の地だ。義仲の死後、美しい尼僧がやってきて義仲の墓所のほとりに庵を結び、供養を続けた。里人が尋ねると「名も無き女」というばかりであった。この尼僧こそ巴御前と伝えられ、尼の没後この草庵は「無《む》名庵《みょうあん》」、「巴寺」、あるいは木曽塚、木曽寺、義仲寺とも呼ばれるようになった。

「義仲寺」の伝来によると、巴は墓所の傍らの「無名庵」で義仲の菩提を弔いながら一生を終えたことになっており、「巴塚」も残されている。史実は不詳だが、「義仲寺」の縁起を信じ、物語の終わりとして、巴が義仲の死後も義仲の傍らで過ごしたと考えたくなる。義仲寺の門を入って中程、「朝日堂」の向かい側、義仲公墓の手前に、小さな巴塚が、ひっそりうずくまるようにして並んでいる。

※本文の引用に際しては、読みやすいよう表記を改めたところがある。

参考文献

市古貞次校注（一九九四）『新編日本古典文学全集　平家物語』1・2、小学館
福田豊彦・服部幸造（一九九九）『源平闘諍録―板東で生まれた平家物語―　上』講談社
福田豊彦・服部幸造（二〇〇三）『源平闘諍録―板東で生まれた平家物語―　下』講談社
中村晃訳（二〇〇五）『完訳源平盛衰記　六』勉誠出版

2 義仲を愛し、義仲の隣に眠る松尾芭蕉
――俳諧に突き進む自我――

「木曽最期」には、義仲と関わった人々との厚い交流が描かれ、義仲のひたむきで純粋な自我の「魂」がよく表現されていた。義仲を深く愛した人物として特記すべきは松尾芭蕉である。芭蕉は俳諧の道一筋に専心し、晩年は近江の義仲の墓の元で多くの月日を過ごした。義仲の人間像と文学者芭蕉の魂がどう関わっているのか、考えていきたい。

芭蕉の義仲への思い

『奥の細道』の旅の終わり、敦賀に出る途上、義仲が京に進撃する拠点となった越前の燧城《ひうちがじょう》に立ち寄り、芭蕉は次の句を詠んでいる。

義仲の寝覚めの山か月悲し

義仲寺　義仲の墓

「義仲はこの燧城にこもって、夜半の寝覚めに、月を仰いだことであろうが、今は人は滅び、城は失せて、月のみが悲しく照らしている、という意味である」と麻生氏は解説している（『奥の細道講読』）。「悲し」というむき出しの主観語に、義仲の暖かい人情と純な生き方とその悲しい結末に共感する芭蕉の強い思いがにじみ出ている。

この句は、平泉での「夏草や」の、義経を追慕した句と通ずる感があるせいか、『奥の細道』には採録されなかったが、『蕉翁句集』等に採録されている。

木曽の情雪や生えぬく春の草

「幾度か辛酸《しんさん》をなめつつ、雪深い木曽から出て終に天下に名を成した木曽義仲の気骨を、

雪を凌《しの》いで生い出でる春草の強さに比した。」（『校本芭蕉全集第二巻』荻野清注）
この句は元禄四年春、芭蕉が義仲寺に滞在中の頃の作と推定され、「二とせ人々集まりて木曽塚の句を吟じける」と、去来の『旅寝論』にあり、その一つと考えられる。
この二つの句からは、ともに義仲の情熱と人情に対する、芭蕉の深い思い入れを感じ取ることができる。義仲のひたむきな情熱に、俳諧の道に突き進む芭蕉は、深く共感したのであろう。だから、芭蕉は晩年、義仲寺に滞在することが多かったのではないか。

義仲寺　芭蕉の墓

義仲寺義仲の隣にと、芭蕉の遺言

元禄二年『奥の細道』の旅に際して、芭蕉は江戸深川の「芭蕉庵」を売却していた。元禄二年八月、大垣で「奥の細道」の旅を終えた芭蕉は、郷里伊賀上野にもどったが、そこで落ち着くことはなく、関西各地を遊歴し、元禄三年初春は大津、膳所《ぜぜ》（義仲寺の所在地）の乙州《おとくに》宅で過ごしている。その後も深川の芭蕉庵は再興が難航して、元禄五年の五月に江戸に戻るまで、芭蕉は大津の弟子宅、義仲寺の「無名庵」を拠点にし、京や故郷伊賀などに滞在し、弟子たちと活動している（『校本芭蕉全集第九巻』年譜）。

行く春を近江の人と惜しみける　元禄三年三月

（湖水朦朧とした琵琶湖、そのほとりで近江の人々と去りゆく春を惜しんだことだ）

芭蕉は湖南の風光を愛しており、また、大津の門人たちが俳諧に熱心で芭蕉を敬愛して厚く遇した。こうした関わりから、「行く春を」のような、近江の風土のもとで在郷の人々との暖かい交流が偲ばれる名句が作られたのだろう。

「さて、から（亡骸）は木曽塚に送るべし。ここは東西のちまた、さざ波きよき渚なれば、生前の契り深かりし所なり。懐かしき友達のたづねよらんもたよりわづらはしからじ。」乙州敬して「約束たがはじ」など受け負ひける。
（「芭蕉遺語集」路通《ろつう》『芭蕉翁行状記』）

木曽殿と塚をならべて、とありしたはぶれも、後のかたり句に成りぬるぞ。
（其角《きかく》『芭蕉翁終焉記』）

其角が「たはぶれ」と言っているように、芭蕉はほんの軽い気持ちで乙州に、「自分の死後、亡骸は木曽塚に埋葬してくれ」と言ったのかもしれない。近江は天智帝が都を置き、人麻呂が歌に詠んだ古き伝統と琵琶湖畔の風光に恵まれた土地で、義仲寺での弟子たちとのなじみ深いところ。友（弟子）たちが墓前に訪れるにも便がよいであろう、ということで、芭蕉は自分の終《つい》の場所を、近江の地、無名庵、義仲の墓の隣と決めたのだろう。

芭蕉の死

元禄四年九月、無名庵を出発して芭蕉は江戸に向かう。翌五年五月深川の芭蕉庵が再興して、元禄三年以来関西を中心に活動していた芭蕉は、元禄七年五月まで約二年ほど江戸に拠点を移した。持病に苦しみながらもなんとか健康を取り戻し、江戸を後にし故郷伊賀上野に向かう。大津、奈良、九月大坂の旅宿に滞在。二十九日より下痢が著しく、日を追って芭蕉の容態は悪化した。

十月八日　病中吟　旅に病んで夢は枯れ野をかけ巡る

十二日の申《さる》の刻ばかりに死顔《しにがお》うるはしく睡《ねむ》れるを期《ご》として、物打《うち》かけ夜ひそかに長櫃《ながひつ》に入て、あき人の用意のやうにこしらへ、川舟にかきのせ、去来、乙州、丈草《じょうそう》、支考、惟然《いねん》、正秀、木節《もくせつ》、呑舟《どんしゅう》、次郎兵衛、予（其角）ともに十人、…

（『芭蕉翁終焉記』）

芭蕉の亡きがらのお供をして義仲寺まで向かったのは弟子たち十人であった。夜中舟は伏見まで下り、翌十三日の朝伏見から出て、義仲寺に着いたのは昼過ぎであった。十四日葬儀後、子の刻（午前〇時）埋葬。門人八十人、会葬者三百余人にのぼった。芭蕉は、かねて乙州に語っていたとおり、義仲寺の義仲の墓の隣に「芭蕉翁」と記した墓石を抱いて、眠ることとなった。

義仲の隣に眠る芭蕉の思い

「義仲寺案内」によると、義仲寺のゆかりについてこう語られている。この地で亡くなった義仲の墓所のほとりに庵を結んで弔う美しい尼僧がいた。名を問うても答えないが、どうやら巴御前であるらしく、尼の死後、その庵を「無名庵」、「巴寺」「義仲寺」と言った。戦国時代には荒廃したが、再興して芭蕉がしきりに訪れるようになった。

義仲寺はJR琵琶湖線「膳所《ぜぜ》駅」、または京阪石山坂本線「京阪膳所駅」下車で徒歩六、七分の所にある小さな寺だ。芭蕉の墓があるということで、芭蕉の門人たち、現在は多くの俳人たちが訪れる聖地になっている。

山門を入ると右手に受付があり、まっすぐ進むとまず小さな墓石がひっそりうずくまるようにしてある。それが巴塚。さらに進むと真四角の土壇の上に宝篋印塔《ほうきょういんとう》が据えられている墓所が義仲公の墓だ。そのすぐ隣に寄り添うように芭蕉の墓がある、少し長く引き延ばしたおにぎりの形をした自然石に「芭蕉翁」とある。三つ並んでいるのがなんとも「ゆかし」である。

元禄四年九月、芭蕉が無名庵滞在中に伊勢山田の俳人、島崎又玄《ゆうげん》が訪れ、次の句を詠んだ。

木曽殿と背中合わせの寒さかな

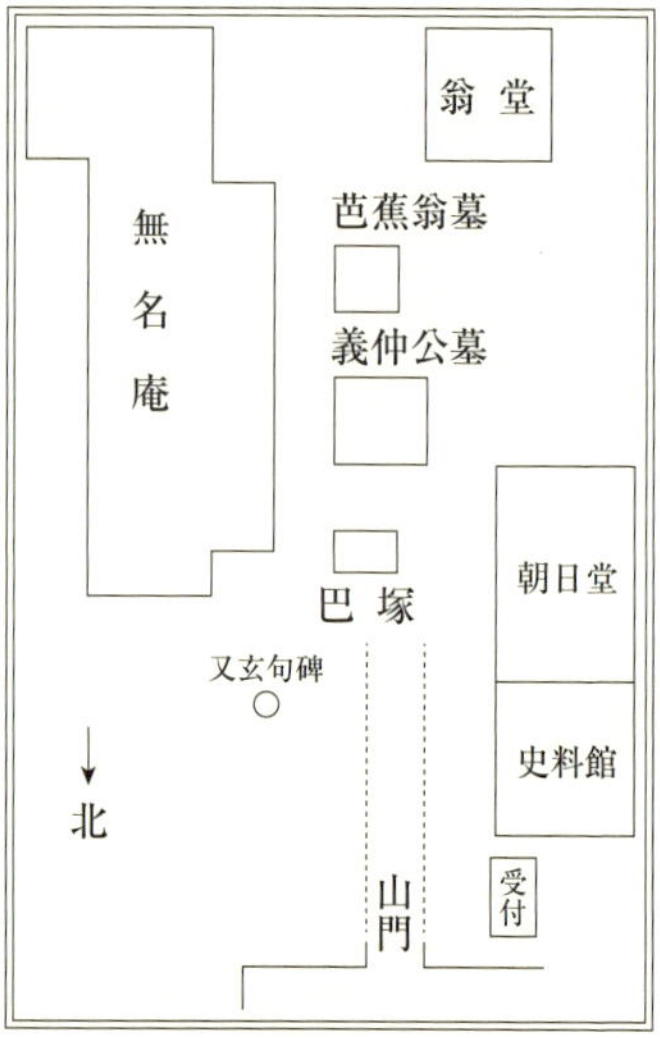

義仲寺境内　見取図

この又玄の句は、芭蕉の死後に作られた追悼の句と誤解されることも多い。実際は芭蕉の死から遡ることちょうど三年ほど前に又玄が作った句だ。現在の無名庵が芭蕉の時と同じ位置であったかは不明である。しかし、現在の見取図で分かるとおり、無名庵で過ごした又玄にとって東向きに座れば、ちょうど義仲の墓と背中合わせになる。氷の張った深田に入り込んで身動きできないまま自害できず、兼平を探して振り向いた途端敵に射られてしまった。この義仲の最期、そのなんとも寒くて惨めな死。だが、又玄は兼平を求める子供のように無垢で純粋な義仲の思いを感じ取り、義仲の死に対する深い共感といたわりの気持ちをこの句で表現したのだろう。

芭蕉の句や弟子たちの句が碑になって寺のあちこちに残されている。しかし、この又玄の句ほど、芭蕉の気持ちを代弁しているものはない。「木曽殿と」の句は、純真な心故に薄氷にはまって最期を迎えた優しくも熱い義仲に対して、「背中合わせ」のように深い共感をもって、義仲の隣に永眠したいと願った芭蕉の、遺志そのものを表しているようだ。その意味で、芭蕉の気持ちを最もよく表した追悼句と、考えてもよいと思われる。

※義仲寺の写真は二〇二二年四月一日、筆者撮影。

参考文献

小宮豊隆監修、阿部喜三男校注（一九六二）『校本芭蕉全集第一巻　発句篇（上）』角川書店
小宮豊隆監修、荻野清・大谷篤蔵校注（一九六三）『校本芭蕉全集第二巻　発句篇（下）』角川書店
小宮豊隆監修、井本農一ほか著（一九六七）『校本芭蕉全集第九巻　評伝・年譜・芭蕉遺語集』角川書店
麻生磯次（一九六一）『奥の細道講読』明治書院
今泉準一（二〇〇二）『注解芭蕉翁終焉記　「芭蕉翁終焉記」を読む』うぶすな書院
平泉澄（一九八七）『芭蕉の俤』錦正社
尾形仂編（二〇〇二）『芭蕉ハンドブック』三省堂
国指定史跡義仲寺案内（パンフレット）

3

義仲と芭蕉を愛した芥川龍之介と夏目漱石の物語

――近代的自我と生存苦――

若き日に木曽義仲を熱愛し、晩年に芭蕉の真価を高く評価した芥川龍之介を取り上げる。この義仲、芭蕉、芥川の三者の関わりから、非常に興味深いことが見えてくる。なぜ、芥川は義仲を愛し、芭蕉に惹かれたのか。その三者にはどのようなつながりがあるのか。そこから見えてきたのは、現在の私たちに通じる重要な問題だった。

若き芥川龍之介の『木曽義仲論』

芥川龍之介の最も早い文学的な仕事は、東京府立第三中学校の学友会誌に載せた『木曽義仲論』であった。中学校時代から漢文の力は群を抜いており、将来は歴史家になろうと思っていたということだ。この論文の中で、「祇園精舎の鐘の声」の序文の引用から平家の専横政治、頼政の挙兵を受けての義仲の挙兵、義仲の北陸路進軍、入京、そして兼平との最期までを語り、義仲の武人としての人間性を、情熱をもって高らかに歌い上げている。

なんと三万五千字に余る力作の論文である。十八歳にしてこの格調高い論文を書き上げた思考力、文章力、そのすべてに驚嘆するしかない。

後白河法皇を攻めたのも、「天成の革命家」ゆえに、頼朝と一戦を交える危機を前に一門の為に頼朝に忠を誓い、長男を託したことは「赤誠の人、熱情の人」と言い、実盛の死に涙し、裏切った瀬尾主従の健闘にも心打たれ、義仲が家臣を大切にしたからこそ家臣は「一死を以て彼に報じたる」ことを、頼朝の非人間的な仕打ちと比べ、讃えている。

彼は「革命児」であるゆえに「将（軍）」つまり武人ではあっても、「相（政治家）」たり得なかった。芥川のこの義仲に対する深い人間考察は、本書の「1『平家物語』木曽義仲」でふれた内容と変わりはない。芥川の義仲に寄せる熱い共感はひしひしと迫ってくる。

> 彼は誠に野性の心を有したりき。彼は常に自ら顧みて疚《やま》しき所あらざりき。（中略）彼は不臣の暴行（後白河法皇への攻撃）を敢てしたり。然れども、彼が自我の流露に任せて得むと欲するを得、為さむと欲するを為せる、公々然として其間何等の粉黛《ふんたい》（化粧）の存するを許さざりき。彼は小児の心を持てる大人也。怒れば叫び、悲しめば泣く、彼は実に善を知らざると共に悪をも亦知らざりし也。

然り彼は飽く迄も木曽山間の野人也。同時に当代の道義を超越したる唯一個の巨人也。
（『木曽義仲論』）

義仲の心は「野性の心」「小児の心」で、やりたいと思う「自我の心」に任せ、しようと思う心のまま行動する。やりたいことと行動に何等の食い違いはない。その純粋な情熱こそが義仲だ、と芥川は言う。

臼井吉見「『木曽義仲論』をめぐって」

江戸趣味と下町情緒の中で育った芥川であった。しかし、これだけ熱っぽく木曽義仲に共感している鋭敏な中学生が、下町情緒などに甘んずるはずはなく、むしろ拒否する志向があり、「木曽義仲的なものへの渇望の深さだけ、芥川の素質はそれを裏切るものであったことを感じないわけにはいかない。ここに芥川の人と文学の根本問題が存するように思われる」と臼井氏は述べている。

では、臼井氏が言う「芥川の人と文学の根本問題」とはどういうことか。

最初の作品『羅生門』での末尾にある「黒洞々たる夜」とは、己も生きるために老婆から着物を剥ぎ取るしかない下人の姿を通して、「悪は悪を征服することによって生きつづけるほかはない」エゴイズムの満ちる世界であり、「芥川の心眼に映った人生そのもの」「生存苦の寂寞」であった。「本然の自己に根をおろした生き方ができず、たえず外部の世間に動かされて、心の安まる時がない。」彼は、「『自我の流露』にまかせて」生きた義仲にひたむきな憧憬を持ちながら、『鼻』を発表し、漱石に激賞されて、華々しく世間に認められ、『木曜会』（漱石門下の会）の仲間入りを果たした。そして、彼は古典素材を使い、換骨奪胎し、「機智と諧謔と博識を武器のように駆使」し作品を書くということを覚えてしまった。本来求めてやまなかった義仲のような「原始的な心、蛮気とも云うべきもの」を求めながらも、ついにそれは得られることはなかった。「作者の素面を覆い隠す」ような文学的作法によってしみじみとした孤独を抱えたまま、芥川は帰らぬ人となってしまった。死を決意して書かれた『或阿呆の一生』を臼井氏は引用して、「彼は人生を見渡しても、何も特に欲しいものはなかった。が、この紫色の火花だけは、――凄まじい空中の火花だけは命と取り換えてもつかまえたかった。」と結んでいる。

つまり、臼井氏は芥川の文学的（存在的）終焉の因を、彼の資質である鋭敏な感性と博識で古典素材を換骨奪胎して新しく蘇らせる理知的な執筆技術による「自己韜晦《とうかい》」（自分を覆い隠すこと）と、本来求めてやまなかった文学的情熱との大きな齟齬《そご》が生んだものと捉えているのだろう。納得できる点も多いが、どうして芥川は純粋な情熱を文学に求めながらも、それがかなわなかったのだろうか。根源的にあったのは彼の執筆技術ということはもとより、もっと奥深くに存在する何かではないか。芥川自身の人間観、さらに「自我」観にあるのではないか。芥川の作品を取り上げて検討してみることにしよう。

芥川晩年の評論『芭蕉雑記』『続芭蕉雑記』

大正十二年十一月、三十一歳で『新潮』に『芭蕉雑記』の一〜九までを発表し、翌年にわたって書き続けている。昭和二年七月二十四日未明、睡眠薬の致死量を飲んで田端の自宅で自殺し、三十五歳で帰らぬ人となった。『続芭蕉雑記』が残されており、遺稿として『文藝春秋』八月号に発表された。

芥川の文学的仕事のはじめとして十八歳の時に書かれた『木曽義仲論』があり、文学的仕事の末尾に『芭蕉雑記』『続芭蕉雑記』が置かれていたことは、非常に興味深い。

義仲の人間性と芭蕉の文学に芥川は惹かれたわけだが、この二人にはどのような共通点があったのだろうか。

「俳諧なども生涯の道の草にしてめんどうなものなり」とは芭蕉の惟然《いねん》に語った言葉である。（中略）しかしその「生涯の道の草」に芭蕉ほど真剣になった人は滅多にいないのに違いない。（中略―土芳の芭蕉の言葉を引用―）この芭蕉の言葉の気ぐみは殆《ほとん》ど剣術でも教えるようである。到底俳諧を遊戯にした世捨て人などの言葉ではない。更に又芭蕉その人の句作に臨んだ態度を見れば、愈《いよいよ》情熱に燃え立っている。

（芭蕉の死の二日前、弟子たちが病床の芭蕉の元で連句を作っている傍ら、しわ嗄《が》れた声で指導し続ける）芭蕉の俳諧に執する心は死よりもなお強かったらしい。

僕は世捨て人になり了《おお》せなかった芭蕉の矛盾を愛している。同時に又その矛盾の大きかったことも愛している。

「翁曰く、俳諧世に三合は出でたり、七合は残りたりと申されけり。」（中略）これは「芭蕉自身の明日」を指した言葉であろう。（中略）絶えず芭蕉自身の進歩を感じていたことは確かである。――僕はこう信じて疑ったことはない。

（『芭蕉雑記』）

芭蕉の住した無常観は芭蕉崇拝者の信ずるように弱々しい感傷主義を含んだものではない。寧《むし》ろやぶれかぶれの勇に富んだ不具退転《ふぐたいてん》の一本道である。芭蕉の度たび、俳諧さえ「一生の道の草」と呼んだのは必ずしも偶然ではなかったであろう。兎《と》に角《かく》彼は後代には勿論、当代にも滅多に理解されなかった、恐ろしい糞やけになった詩人である。

彼は実に日本の生んだ三百年前の大山師だった。

（『続芭蕉雑記』）

芥川は芭蕉が「時代の中に全精神を投じた詩人で」あり、「俗語に魂を与え」たと言う。また、耳に訴える「調べの美しさ」を駆使し、しかも「画趣を表すのに自在の手腕を持っていた」と、句作を例にあげ述べている。この芭蕉論の主旨は、こうした芭蕉の句作が秀逸であることというより、前述の引用した内容にこそ真意が託されているのではないか。

芭蕉は一つも「俳論書」を著さなかったが、死の直前まで熱心に弟子たちを指導し、自分の新しい俳諧の未来を信じ続け、俳諧に対して、「真剣」かつ「情熱に燃え立」ち、「俳諧に執する心は死よりもなお強かった」。一方、「俳諧は生涯の道の草」といいながら、俳諧に懸ける情熱は、「俳諧を遊戯にした世捨て人」とは全く言えない。芥川は、こうした「芭蕉の矛盾を」、「矛盾の大きかったことも愛している」と言っている。それはどういうことか。

芭蕉は法体《ほったい》（出家した法師の姿）をして、一般には「わび」た「弱々しい感傷主義を含んだ」無常観を表現したと、当時の人もそして現代の人も理解している。しかし、それは彼の本質ではない。彼はそれほど人の目を欺くような「やぶれかぶれの勇に富んだ不具退転の一本道を進」んだ「大山師」（とんでもないペテン師）でありおおせた。こう芥川は芭蕉をとらえている。

芭蕉が自分の思った道を、情熱的に迷うことなく驀進《ばくしん》した、それは義仲の生き方と深く通じる。芥川が二人に強く惹かれたのは、この点であったろう。義仲が武人として源氏の再興に懸けた情熱。しかも子供のような純真な心を持ち続けたひたむきさ。先に引用した芥川の『木曽義仲論』の「彼が自我の流露に任せて得むと欲するを得、為さむと欲するを為せる」、義仲の姿。それは俳諧にまっしぐらに、情熱に燃え立ち向かっていった芭蕉に通じる。しかし、芭蕉は世捨て人であり、俳諧など「遊戯に過ぎない」という意識も持ち合わせていた。にも関わらず、自己の矛盾にお構いなしで進む。芭蕉の自我意識は、俳諧に執心している自己と、一方で「生涯の遊びに過ぎない」俳諧をなす世捨て人としての自己、その二つあった。その矛盾は大きいはずなのに、芭蕉の自我は分裂しない。俳諧に執着する自己を、遊びに過ぎないと覚めた目で批判する自己はいないのだ。むしろその矛盾を隠れ蓑に使い、己の俳諧に対する執着心を隠し、ものともせず俳諧に打ち込む「糞やけ」を芥川は芭蕉に見いだす。

芭蕉は、もちろん義仲は言うに及ばず、「古代の人」であるのだ。そこには近代人特有の、一方の自分をもう一方の自分が突き放して見、裁断する、分裂した「自我」の意識はない。

芭蕉の死の場面を題材にした『枯野抄』

「自我の流露に任せて」己の道に突き進む義仲や、自己の大きな矛盾をものともせず進む芭蕉に強い愛着を感じた芥川は、自分自身に対しては、いったいどのような自我意識を持っていたのだろうか。

大正四年十二月漱石山房の「木曜会」に参加し、以降漱石門下となった。翌五年二月『鼻』が夏目漱石の激賞を受け文壇の注目を集めることとなり、その年の十二月九日漱石の死に遭った。師夏目漱石の臨終に際した弟子たちの心理を移し込んで描かれたのが、大正七年十月に発表された『枯野抄』である。松尾芭蕉の臨終の場面に、弟子たちの一人一人の心理が詳細に分析されて描かれる。概略をまとめよう。

元禄七年十月十二日の午後、大阪花屋仁左衛門の裏座敷で、俳諧の大師匠芭蕉が門人たちに見守られながら静かに息を引き取ろうとしていた。芭蕉を囲んで、医者の木節《もくせつ》、老僕《ろうぼく》の治郎兵衛《じろべえ》、其角《きかく》、去来《きょらい》、丈艸《じょうそう》、乙州《おとくに》、惟然《いねん》たちが、限りない死別の名残を惜しんでいる。座敷の隅では正秀《せいしゅう》が慟哭《どうこく》の声を漏らしていた。医者の木節は時を見定め、末期《まつご》の水を取るよう弟子たちに水を含ませた羽根楊子をすすめる。「果して自分は医師として全てを尽くしたのか」木節の心にふと疑いの気持ちがよぎる。まず最初に其角が臨み、悲しいであろうという予測を裏切り、冷淡にも師匠の痩せ衰えた不気味な姿に対する嫌悪の情が強烈にこみ上げてくる。次に羽根楊子を手にした去来は、師匠の容体を心配するどころか介抱に没頭した自分を満足に思っているその自分を疚《やま》しく思う。突然正秀の慟哭の声を耳にし、乙州はそこに一種の誇張、抑制すべき意志力の欠如を感じ、不快に感じた。丈艸に続いた支考《しこう》は、終焉記の一節、他門への名聞《みょうもん》、門弟たちの利害等々を思いつく。結局、弟子たちは師の死を悼まずに師匠を失った自分たちを嘆いている。師は弟子たちに見守られた喜ばしい終焉どころか、限りない人生の枯れ野の中で野ざらしになったと言っても差し支え無い、と支考は思う。支考に続いた惟然坊は死別の悲しさとは無縁の、「師匠の次に死ぬのは自分かも知れない」と恐怖を感じた。門人たちが次々唇を潤すうちに、次第に芭蕉の呼吸がかすかになる。丈艸は悲しみの一方、限りない安らかな気持ちが広がってくるのを感じだした。この安らかな気持ちとは、久しく芭蕉の人格的圧力の束縛から解放される喜びであった。

こうして芭蕉は「悲嘆限りなき」門弟たちに囲まれたまま、静かに息を引き取った。

弟子たちの風貌、様子、心理を詳細に描き分けることで、それぞれの個性的な人間像が鮮明に浮かび上がる。その中で際立つのは、人物たちの心理に違いはあれ、芭蕉の死を悲しまずに、芭蕉の死によって生じた自分自身にとらわれてしまう「自意識」の有り様である。それは、つまり「エゴイズム」である。

其角の『芭蕉翁終焉記』によれば、「十二日の申《さる》の刻ばかりに死顔うるはしく睡《ねむ》れるを期《ご》として」とあり、実際の様子は『枯野抄』の「不気味な姿に激しい嫌悪の情」を持った其角の感慨とは全く反するものであった。

「終焉記」であるから美化した面もあるだろうが、いや美化しただろう、事実死に瀕した人間は「うるはしく」というはずはなく、「嫌悪の情」が沸き起こったって不思議はない。弟子たちの悲しみの情の中には、どこかに死を悼むことのできないある感情が意識されない程ではあったが、溶けて混じっていたことだろう。そう、そこを書こう、芥川はそう思ってしまう。

「古代の人」なら深く考えずに、それは「悲しみ」の塊《かたまり》と思って疑わなかっただろう。

芥川は、漱石の死に際し婚約者塚本文に、「こんなやりきれなく悲しい目にあった事はありません」と書き送っている。しかし、「自意識」に目覚めた芥川は、自分を見つめるもう一人の自分が、潜んでいる矛盾を、見逃すことなくえぐり出そうとする。芥川自身が漱石の死に対して抱いた感情は、作品の最後に描かれている文艸に投影されている、という。『或阿呆の一生』の「十三　先生の死」において、「彼は巻煙草《まきたばこ》に火もつけずに歓びに近い苦しみを感じていた。『センセイキトク』の電報を外套《がいとう》のポケットへ押しこんだまま。…」とある。これは漱石の「人格的圧力の束縛から解放される喜び」を意味しているに違いない。偉大な導き手であった漱石の死に、悲しく、やりきれないながら、わずかに潜む「解放感」を、理知の鋭い目がとらえてしまうのだ。

鋭敏な感性、冴えわたる知性がある者は、常に前面に立ち現れるこの自我意識を通して、すべての物事を眺めることになる。芭蕉を取り囲んだ弟子たちはおそらく「古代の人」であって、『枯野抄』の人物たちのようには自己分析しなかったであろう。ここで大切なのは、自己を覚めた目で自己分析するもう一人の自己が存在することは、恐ろしくつらいということだ。『枯野抄』の登場人物たちは「悲しみに浸ることができない」自分を一様に「疚《やま》しく」感じているのだから。

作者たちが格闘してきた近代的自我の問題　『こころ』

芥川の師、夏目漱石こそが「近代的自我」と格闘し、解決点を導こうとしながらも果たせずに終わった巨人だった。「近代的自我」から生じるエゴイズム、その心理を精細に、しかもまるごと手に取って見せるように描ききった作品は『こころ』だ。

同郷のKの生活苦を救おうと、下宿先に同居させたが、恋を否定し、精進の道に生きるKが、何と下宿のお嬢さんへの恋心を先生に打ち明ける。お嬢さんを慕っている先生は、自分の本心を打ち明けぬまま、Kを恋敵としてだまし討ちしてお嬢さんと婚約する。それを知ったKは平然とした様子であったが、何日か経って自殺してしまった。Kの亡きがらを目の前にしてよぎったことは、お嬢さんや奥さんに自分の裏切り行為を知られまいとする「自己保身」の感情であった。叔父に金銭で裏切られ人間不信に陥った先生は、こうして友人Kを自殺に追い込んでしまった。自らのエゴイズムから来る自己不信に苛まれる。罪の意識に苦しみながら生きてきた先生は、明治天皇の崩御、乃木大将の殉死を機に自殺する決意をし、先生を慕う「私」に遺書を託した。遺書の中で「先生」は二つの自我意識について、こう語っている。

自由と独立と己とに充《み》ちた現代に生まれた我々は、その犠牲としてみんなこの淋しみを味わわなくてはならないでしょう。

（上十四）

私は暗い人世の影を遠慮なくあなたの頭の上に投げかけてあげます。（中略）私の暗いというのは、もとより倫理的に暗いのです。私は倫理的に生まれた男です。また倫理的に育てられた男です。

（下二）

（最も信愛している妻に事情を話せない。）私は寂寞《せきばく》でした。どこからも切り離されて世の中にたった一人住んでいるような気のしたこともよくありました。

（下五十三）

私はただ人間の罪というものを深く感じたのです。（中略）自分で自分を鞭うつよりも、自分で自分を殺すべきだという考えが起こります。私は仕方がないから、死んだ気で生きていこうと決心しました。（中略）恐ろしい力がどこからか出て来て、私の心をぐいと握りしめて少しも動けないようにするのです。そうしてその力が私にお前は何をする資格もない男だと抑えつけるように言って聞かせます。（中略）不可思議な力は冷ややかな声で笑います。
（下五十四、五十五）

明治時代、つまり近代になり、身分、家柄、封建的な共同体という束縛から人間を解放し、全て自己が判断し選び取ることのできる「自由と独立とおのれに充ちた」時代となった。しかし、明治の知識人である先生は、儒教の倫理によって育ち生きてきた。すべて自己で判断し行動を起こす自我意識を持つと同時に、倫理観によって自己を裁くもう一つの自意識が生じる。行動したいと思う自分を、冷静に見て裁断するもう一方の「自己」が、やりたいようにはさせない。倫理的責めを負ったまま苦しみ続けることになる。我執をかかえ、罪の意識に苛まれる自分をだれにも理解してはもらえない。芥川が「生存苦の寂寞」と言ったことはそのまま師、漱石の『こころ』に映し出された「寂寞」の世界なのだ。分裂したもう一つの自我は、進む道に立ちはだかる。その道を進んで行かねばならぬことは、苦しく、孤独でしかない。

芥川の行く先　二つの自己で自分を切り刻んだ末路

二つの自我意識を持った近代人は、義仲のように「自我の流露」に任せ、天然児、子供のように朗らかにぐんぐん進むことはもはやできない。芭蕉のように自我意識に矛盾は大きくあっても、「俳諧は坊さんの慰み」という一面をスタイルの傘としてかぶり、まるで剣士のように風雅の道に突き進む、そんなこともできない。自我は一つで、何の迷いもない情熱だけを信じて進むことのできる「古代人」とは何と素晴らしいことか！　鋭敏な神経を持ち合わせた近代知識人は、古代人のようにできないからこそ、「自我の流露」に任せて進む天真爛漫さに強く惹かれるのだ。

夏目漱石は自我の相克から来る苦悩の果てに「則天去私」（＝天に則り、私を去る」の意で、漱石の揮毫《きごう》〈書〉として残されている）という境地を示し、未完の作品『明暗』でその世界を表現しようとしたといわれる。我執を去って、自然、天の道に任せるということは、漱石の理想であり、芥川が熱愛した義仲の純粋な生き方に通じる。

人の上に落ちてくる生存苦の寂寞を癒やすことはできない。イゴイズムのない愛がないとすれば、人の一生ほど苦しいものはない。

周囲は醜い。自己も醜い。そしてそれを目のあたりに見て生きるのは苦しい。しかも人はそのままに生きる事を強いられる。
（大正四年三月九日、一高の友人恒藤恭氏への手紙）

この手紙は、処女作『羅生門』が発表された八ヶ月も前に記されたものだ。周囲の反対で望む結婚ができなかったことが精神的な打撃になり、『羅生門』は生み出された。この小説を書き始める以前から持っていた芥川の人生観、人間観は、全く変化することはなかった。様々な古典素材を使い、見違えるような近代的なスパイスの効いた料理を見事に作り出して皿の上に並べ、ほうっと人々を感嘆させても、心は「生存苦の寂寞」が空しく広がるばかり。料理しやすい古典素材の種も尽き、興味も失せると、向かうは自分自身の存在への問いかけだ。『点鬼簿』（精神的疾患があった実母の死に対する思い出）、『歯車』（自己の精神疾患への予兆）、『西方の人』『続西方の人』（キリスト論）『或阿呆の一生』、『侏儒の言葉』、これら晩年の作品の多くは『河童』を除くと、「『話』らしい話のない話」になっている。その内容は、痛ましい自己の姿を投影した、断片的で（芥川は「詩」に近いと言う）、自己をもう一つの自己が検閲し、処罰を下し、切り刻んだ、無残な残骸に他ならない。

芥川が古典素材の名料理人として彩り豊かに気の利いた料理を作ったとて、底流に潜むテイストは常に「生存苦の寂寞」であった。もう一つの自己が現れて、「書くことに何の意味があるのか、自分も人もみんな醜いだけの世界に」とおさえつけるように言う。『こころ』の先生と芥川の末路はぴたりと重なる。どちらも、「近代的自我」と一般的に言われる、しかも重くのしかかる意識により、自我の分裂から生じた末路なのだ。

※本文の引用については、読みやすいように仮名遣いを改め、読み仮名をつけたところがある。

参考文献

芥川龍之介（一九六八）『現代日本文学大系43 芥川龍之介集』筑摩書房
臼井吉見（一九六八）「「木曽義仲論」をめぐって」（『現代日本文学大系43 芥川龍之介集』）筑摩書房
芥川龍之介（一九七八）『芥川龍之介全集第十巻 書簡1』岩波書店
夏目漱石（一九六八）『現代日本文学大系17 夏目漱石集（一）』筑摩書房
吉田精一編（一九七一）『芥川龍之介全集別巻』筑摩書房
福田清人編、笠井秋生著（二〇一六）『人と作品 芥川龍之介』清水書院
日本文学研究資料刊行会／編（一九七〇）『日本文学研究資料叢書 芥川龍之介1』有精堂出版
鷺只雄編（二〇一七）『年表作家読本 芥川龍之介』河出書房新社

4 『山月記』から考える虚構の時代　管理社会の我々の物語
――自我の衰弱――

「自我」の問題は現代を生きる我々に実は重くのしかかってくる問題だ。漱石や芥川が小説を通して向かった「近代的自我」は、どのようにして現在の我々の「自我」とつながっているのだろうか。

『山月記』の李徴、その強烈な自意識に共感できない高校生たち

戦後、高等学校の二年生「現代国語」の教材としてずっと採録されてきたのは、『こころ』と『山月記』である。二〇二二年入学の高校生から学習指導要領が変更になり、二年生では「文学国語」と「論理国語」のどちらかを選択することになった。受験に出題される国語の問題の多くが評論文であることから、「論理国語」を選択し、「文学国語」を教育課程として選択しなかった学校の高校生たちは、半数以上に及んでいる。戦後初めて『こころ』や『山月記』を授業で読まない高校生たちが多量に出てくることになり、「小説」

という文学空間でのみ伝えられる作者の大切なメッセージが、高校生の心に届けられなくなるということに、恐怖さえ感じる。個人的には、国語の授業の中で最も衝撃を受けた作品は、中島敦の『山月記』だった。『山月記』は思春期の高校生にとって、「自我」の有り様を痛切に感じさせる貴重な作品である。作品の概略を示そう。

李徴は博学優秀で、若くして科挙の試験に合格し官吏の職に就くが、詩人になる夢を捨てきれず、職を辞して詩作に専念した。しかし、詩人として名をなすことはできず、生活苦から官吏に復職するが、自尊心の高い李徴は、見下していた同僚たちの命令を受ける立場に我慢がならず、旅先から行方知れずになった。ある夜、旅中の袁傪は虎になった友人の李徴と再会し、李徴から話を聞く。李徴は虎になったいきさつを語り、「理由も分からずに押し付けられたものを大人しく受け取って、理由もわからずに生きて行くのが、我々生きもののさだめだ。」と運命の不条理を嘆く。そして、虎になりきってしまう前に自作の詩の伝録を袁傪に依頼する。即席で今の心境を詩に作った後、李徴は自分が虎になった理由をこう語る。詩に対して切磋琢磨、謙虚に努力することを怠ったのは、自己の心の内にある「臆病な自尊心」と「尊大な羞恥心」ゆえであった。詩業の挫折と生活苦から復職したが、軽蔑していた同僚の配下につくことは自尊心ゆえに耐えられず、憤懣《ふんまん》は晴らしようがない。その内なる「猛獣」が外形の虎となって現れたのだと。李徴は残された妻子の面倒を最後に依頼し、詩の伝録を先にした己の自己中心性を嘲笑する。別れに当たって、虎となって月に向かい咆哮する姿を袁傪に見せ、李徴は姿を消した。

『こころ』と『山月記』はともに自我との格闘の物語である。『こころ』では友人を自殺に追いやった罪の意識を持つ主人公の「先生」が、忘れて生きようとするのを、儒教的倫理観による自己が、「エゴイズム」として裁く物語である。また、『山月記』の李徴は自分の詩才を信じ、自尊心を持つ一方、もしかして才能などないのかもしれないと恐れを抱く。くだらない奴らと切磋琢磨するのはいやだと思うものの、自己の才能の不足を暴露されてしまうかもしれないとの恐れをも抱く。その優越感と劣等感が互いが互いを食い合い、暴れ回り、始末に負えなくなった内面が「虎」で、そこにはスパイラルの凶暴な増幅がある。この自尊心と臆病の裏合わせの感覚は、「自我」意識を持つなら多かれ少なかれ誰にしも存在する感情であろう。このように、『山月記』にも二つの自意識の格闘が見られる。

生徒が『山月記』を最初に読んだ直後の感想は、「限界が見えるのが怖くて、やればできると言い訳にしている自分のようで、読んでいて恥ずかしかった。」と、以前は李徴に共感する者が多かった。しかし、ここ十年以上前から感想の多くは、「友と交わり、謙虚に努力することの大切さを学びました。」という模範的感想がほとんどであり、あきれるほどつまらないものばかりだ。小説は、人間のどうしようもないある本質を「真実」として描き出すものであるのに、これから自分が生きていく「教訓」として片づけてしまう。優等生にありがちなまとまりをつけてしまう。あまりにも型にはまったワンパターンの答えには、感受性の薄さまで見えて、さみしく感じる。

しかし、そう理解してしまう現代の生徒たちを責めるのも、間違っている。つまり、現代の若者と、漱石、芥川、中島敦という近代の作家たちと、その近代的自我の余韻を身に受けている現在の中高年層の我々とでは、その自我意識が大きく違っているのではないか。現代の若者は、強烈な自我意識に悩まされるというより、むしろ周囲の求めに従う形でおとなしく成長しており、強烈な自我意識は持ち合わせてはいないのではないか。

現代の若者〈わたし〉の衰弱

「わたしはだれ?」という問いは、ほとんど哲学的思考の出現と同じくらい古い問いのようである。

もちろん、〈わたし〉ということが言われるコンテクストは異なる。(中略)「わたしはだれ?」という問いのなかでも、〈わたし〉が問われるその位相はそれぞれに大きく異なる。あるいは、「生きがい」というものの探究が物質的な豊かさ以上に深刻な問いとなりはじめた世代、社会の既存への体制へのうめくような反抗のなかでじぶんの同一性を確認しようとした世代、そして現実との距離感を測るような座標軸がとことん消失してしまったようにみえる現在の〈わたし〉への問い……同じ問いでも構図はずいぶんと変容してきたような気がする。(中略)

わたしってだれ?

(中略)この問いにははたして答えというものがあるのだろうか……。(中略)

胃の存在はふだんは意識しない。その存在は故障してはじめて意識する。同じように、「わたしはだれ?」という問いは、たぶん〈わたし〉の存在が衰弱したときにはじめてきわ立ってくる。ということは、ここで〈わたし〉の意味というより、〈わたし〉が衰弱しているという事実とその意味をこそ問うべきではないのだろうか。（傍線筆者）（鷲田清一『じぶん・この不思議な存在』プロローグ）

〈わたし〉とは「わたし」が「わたし」であること、自己同一性、アイデンティティ、自我意識のことだ。鷲田氏によると、八〇年代高度消費社会の〈わたし〉は社会の既存体制に反抗することで自己同一性を見いだそうとした世代で、現在の中高年齢層に当たる。一方、現実との距離感を測る軸が消失してしまったという〈わたし〉は、現在の十代、二十代の若者である。同じ〈わたし〉でもその意識は大きく隔たる。その違いを生むのは、〈わたし〉に対峙する「社会」の有り様であろう。高度経済成長期には、よりよい社会の実現という「理想」なるものをどこか心に置いて、行く道を模索するという方向性は持ち合わせていた。現状肯定ではなく、革新していくこと、〈わたし〉を出発点として、理想の未来に向かっていくという視点は持ち得ていた。現在の若者はどうだろう。

「ヴァーチャルの虚構」の時代における現代の自我

〈わたし〉の意識は、時代や社会の変化の影響によって、どう変化してきたのだろうか。

現代の日本社会の骨格が形作られたのは、一九六〇年代から七〇年代の前半に至る、「高度経済成長期」です。一九四五年、第二次世界大戦の終結から現在に至る日本の現代社会史は、この根底からの変動の時代を軸に、基本的に三つの時代に区分しておくことができる。（中略）

第一に、一九四五年から六〇年頃までの、「理想」の時代。人びとが〈理想〉に生きようとした時代。第二に、一九六〇年から七〇年代前半までの、夢の時代。人びとが〈夢〉に生きようとした時代。そして第三に、一九七〇年代の後半からの、虚構の時代。人びとが〈虚構〉に生きようとした時代。

「高度成長期」との関連で見ると、「「理想」の時代」は「プレ高度成長期」、「夢の時代」は「高度成長期」、「虚構の時代」は「ポスト高度成長期」に、正確に対応しています。

（『定本　見田宗介著作集Ⅵ』「夢の時代と虚構の時代」）

「社会学の神様」と言われ、二〇二二年に亡くなった見田宗介によって、社会の推移を背景に、「自我」の有り方の変化する様が、的確に述べられている。その内容をまとめてみよう。

第一の「「理想」の時代」。大戦の敗北で焦土と化した都市に、この時代支配していた二つの「理想」があった。アメリカン・デモクラシーの理想と、ソビエト・コミュニズムの理想で、どちらの理想も「人類の必然的な未来であり、やがて必ず「現実」となるものであることを疑わなかった。」アメリカの物質主義を求めた現実主義者たちは、「「生活の向上」、とくに物質的な豊富化という理想であり、これが日本の経済復興の駆動力」となった。

第二の「夢の時代」。日米安保条約の改定により、コミュニズムの理想は破れ、社会構造が根底から変革し、「農業構造改善事業」等の実施により近代化が進み、農村共同体の解体や「核家族化」が押し進められた。第一期の現実主義者たちの望んだ理想（「衣食住」の充実・古い共同体の解体と近代核家族という自由な愛の共同体の成立・電化製品の普及等）は実現したという「幸福感」が社会に広がっていった。

第三の「虚構の時代」。一九七三年のオイルショックにより高度経済成長期は終わりを告げ、経済は安定成長軌道へと向かった。一方、前時代に引き続いてラディカルな青年たちの「ゲバ棒」という直接的な政治運動や、ヒッピーの出現など、若者たちにさまざまな試行が見られた。この時代は、「リアルなもの、ナマなもの、「自然」なものの「脱臭」に向かう、排除の感性圧」が広がる。都市で言うなら〈渋谷〉のような場に象徴される。二〇〇〇年代に続発する「新しい型の犯罪」（幼女連続誘拐殺人事件）に見られる閉鎖性や、「東京ディズニーランド」に内在する「外部排除の自己完結性」等、「キタナイ」ものや現実と向き合うことは「語るな。思考するな」となり、土や汗のにおいのする「キタナイ」「ダサイ」仕事は専ら移民労働者が引き受けることとなった。ジャーナリストの養成校での「現代社会にリアリティはあるか」という問いに対する若者の結論として、「リアリティなんかないというのがリアリティなんだ、というのが多かった」というのだ。

「虚構の時代」の次はなんの時代かという質問を、さまざまの場面で受けた。「理想と現実」、「夢と現実」、「虚構と現実」というように現実との対語によって表現するなら、それは「ヴァーチャルの時代」といえる。一九九〇年代以降は、電子メディアを根幹とするヴァーチャルの世界が急速に拡大し、日常生活の不可欠の部分を構成するに至った時代であった。（中略）けれどもヴァーチャルは、また虚構の別名である。虚構としての批判意識を喪失し、ポジティヴィティとして定立された虚構である。ヴァーチャル・リアリティと連語されるように、もう一つの現実として、あるいはむしろ新しい現実として、肯定された虚構である。

（『定本　見田宗介著作集Ⅵ』「定本解題」）

第四の時代、つまり現代は、高度情報化社会が推し進める「ヴァーチャルの虚構の時代」である。「虚構」はどう日常生活に現れているのだろうか。現金が姿を消し、カードや電子媒体による金銭のやりとりが当たり前になり、コロナの影響から在宅でパソコンに向かって勤務する時間が著しく増加した。人との関わり合い、現実とのナマの接触からますます遠ざかってしまった。子どもたちの「遊び」にしても、例えば鬼ごっこやおはじきという「現実のもの」や人との「現実の関係」で遊んだのは、「なつかしの古き良き時代」の懐旧でしかない。いまや、ゲーム機やパソコン、スマホを前に、子どもたちが同じ空間にいるというだけで数時間を過ごすことが「遊び」である。

現代社会を特徴付ける第一の点は、この「ヴァーチャルの虚構」、しかも、その存在を否定することもできない絶対的な虚構空間の中で生活するということである。現実との関わりが薄いのだから、当然生きていることの実感も得られない。寝ても覚めても「VR」（ヴァーチャル・リアリティー）による仮想空間をさまよっているようなものだ。

この「虚構」の時代では、エリートたちが幾種類もの薬剤を用意して心身症を鎮圧しながら人工のシステムの中で情報を操作しつづける。「現代世界の究極の問題とされる環境、公害、資源、エネルギーの問題がすべて、外的な自然の解体とその限界という界面に生起する問題群であることと同じに、これらの薬剤と心身症は、現代社会と現代人間の内的な自然の解体とその限界という界面に展開しつづける戦闘の形態として把握することができる。」（前掲書）それは、巨大な箱の中で無限の記憶空間を持つ薄型の箱をのぞきながら、時間かまわず情報を相手に格闘する現代人である。そこで大切なのは、「人間のこうした限界の状況は、自然の限界と同時に起こっている」と見田宗介が言っていることだ。

こうして至った現代では「虚構」から現実を取り戻すことが、何より必要なのではないか。日常が高度情報社会の上に成り立っているのだから、「虚構」を否定して生活することはできない。しかし、産業や経済の発展にのみ眼を向け、「虚構」に埋没してばかりいていいのだろうか。世界では長引く戦争があり、難民が住む場所もなく困窮を極め、世界各地で大規模な災害が襲いかかる。国内でも見えない経済格差が広がり、女性の地位は低いまだ。これから社会に立ち向かっていく少年、青年たちは全く気の毒としか言いようがない。経済的には、波状的にやってくる第一次（現在の七十代半ば）、第二次（現在の五十代後半）ベビーブーマーたちの老後の負担を強いられるのに、正規雇用の割合は減り、不安定な派遣や臨時雇いで日々の生活を成り立たせる。生活の安定が保証されないから、結婚も、ましてや子育てなどは考えられない。少子化は進むばかりだ。未来を担うのは若者なのだから、こんな現実から眼を背けることはできないはずだ。社会ばかりでなく自然はもっと深刻な状況に置かれている。化学物質による大気や土壌汚染、森林の減少、生物種の激減、温暖化。もはやこの限界状況、つまり「現実」から眼を背けてはいられないのではないか。

システム化された「管理社会」の自我

「虚構」の世界に生きているから、現実感覚、自己の存在感が希薄になる上に、さらにもうひとつ「自我意識」を考える上で大事な観点がある。

「自由な個人」とは、彼／彼女が帰属する社会的なコンテクストから自由な個人ということだ。（中略）じぶんがだれであるかをみずから決定もしくは証明しなければならないということである。言論の自由、職業の自由、婚姻の自由というスローガンがそのことを表している。けれども、そういう「自由な個人」が群れ集う都市生活は、いわゆるシステム化というかたちで大規模に、緻密に組織されてゆかざるをえず、そして個人はそのなかに緊密に組み込まれてしか個人としての生存を維持できなくなっている。つまり、じぶんで選択しているつもりでじつは社会のほうから選択されているというかたちでしかじぶんを意識できないのだ。社会のなかにじぶんが意味のある場所を占めるということが、社会にとっての意味であってじぶんにとっての意味ではないらしいという感覚のなかでしか確認できなくなっているのだ。（中略）

緊密に、そして大規模にシステム化された社会というのは、「資格」が問われる社会である。（中略）そこでは何をするにしても条件が問われる。そして条件を満たしていなければ「不要」の烙印を押される。「あなたの存在は必要ない」と。だから、じぶんの子どもが将来こういうみじめなことにならないように、親たちはずいぶん幼いころから教育を受けさせる。「これをちゃんとやったらこんどの日曜日に遊園地に連れていってあげますからね」から「こんな点数をとるのはおれの子じゃない」まで、いろんな脅迫の言葉を向けながら、だ。

（鷲田清一『感覚の幽い風景』）

高度経済成長期を終え、バブルの崩壊、リーマンショックと社会がどんどん狭まり、既定の安全路線を維持する状態が引き続く。その中で現在は、「大規模システム社会」の求めに応じる人間が求められることとなった。自分が自分らしく生きること、「自己同一性」を確認することの困難な社会である。既定の路線を歩むことが当たり前という方向性が半ば強制される。

そんな中で、どうしていったら「じぶん」が「じぶん」でいられるのか。その解決のヒントになりそうな本をひもといてみよう。

「管理社会」を生き抜く『現代思想入門』によるヒント

二〇二二年に発行された千葉雅也氏の『現代思想入門』は、フランスで展開されたポスト構造主義思想の哲学を紹介している。東大生、京大生に最も読まれている本として評判になり、二〇二三年の新書大賞を受賞した。現代を生きる「自我」の有り様を考える上で、とても興味を引かれたので、紹介してみよう。

大きく言って、現代では「きちんとする」方向へといろんな改革が進んでいます。これは僕の意見ですが、それによって生活がより窮屈になっていると感じます。（中略）

現代思想は、秩序を強化する動きへの警戒心を持ち、秩序からズレるもの、すなわち「差異」に注目する。それが今、人生の多様性を守るために必要だと思うのです。

人間は歴史的に、社会および自分自身を秩序化し、ノイズを排除して、純粋で正しいものを目指していくという道を歩んできました。そのなかで、二〇世紀の思想の特徴は、排除される余計なものをクリエイティブなものとして肯定したことです。

（『現代思想入門』「はじめに　今なぜ現代思想か」）

筆者の執筆の意図は、現代の管理社会は皆が一つ方向へ向く「戦時中のファシズムに似て」いて、「過剰な管理社会が広がる」その警戒から、研究したことを同書で紹介するに至った。「人が自由に生きることの困難」について語っているのが現代思想であるというのだ。

「ポスト構造主義」という名の通り、「構造主義」のあとに生まれた思想ということだが、「構造主義」については、「私たちはつねにある時代、ある地域、ある社会集団に属しており、その条件が私たちのものの見方、感じ方、考え方を基本的なところで決定している。」「私たちは自分では判断や行動の「自律的な主体」であると信じているけれども、実は、その自由や自律性はかなり限定的なものである」と内田樹は説明している（参考文献7）。人間は、時代、社会、言語等の外的条件によって感じ方、考え方の多くが影響されるという考え方だ。「ポスト」ということから、各思想家が構造主義を発展、あるいは反転させていったのが「現代思想」ということになるだろう。

紹介されている思想家の中で、最も興味をひかれたのがフランスのミシェル・フーコー（一九二六～一九八四）だった。内容のポイントを要約してみよう。

社会の脱構築（二項対立を揺さぶること）

支配を受けている我々は、実はただ受け身なのではなく、むしろ支配されることを積極的に望んでしまうような構造がある。権力は、上から押しつけられるだけではなく、下からそれを支える構造もある。権力というと、上から下へと一方的な関係、二項対立的に捉えがちだが、「長いものに巻かれる」ように「自己従順化」するしくみが世の中に蔓延《まんえん》している。

例えば、「ポピュリズム」（大衆迎合主義）により誕生したと言われる元アメリカ大統領、民衆の熱狂的支持を背景にしたヒットラーの独裁政権、または日本に多くある大勢順応主義による保守化などは、形に違いはあるが、下支えによって成り立っている権力の有り様だ。権力とは単に上から下へと発揮されると単純化して考えられない。権力に対決するのは、下からの上への抵抗というシンプルな形では進めないのだ。

ではどういう形で「統治のシステム」は働いているのだろうか、要旨をまとめよう。

「正常なもの」である多数派は社会で中心的位置を占めているのに対して、厄介なもの、邪魔なものが「異常」だとまとめられ、「正しい」ものと見なさない。

この「おかしな」もののクリーン化（排除）こそ、まさに近代化と言うべきものだ。統治は人に優しくなったように見えて、より強まっていく。

規律訓練——自己監視する心の誕生

フーコーは誰かに見られていなくても自分で悪いことをしないように心がける人々を作り出すことを「規律訓練」と言う。それを「パノプティコン」という監獄を例に説明している。中心にある塔の監視室からドーナッツ状に囚人の独房が並んでいている。塔の監視室からは円周すべての独房を監視できるようになっている。独房の方からは囚人は自分が監視されているかどうかを確かめられない。かえって、つねに監視されているという意識を植え付けられ、監視されていなくても、自分で自分のことを自己監視する状態に置かれる。支配者が不可視化され、自己抑制が働く。

「パノプティコン」はもちろん比喩である。少し前に戻って例を上げて考えてみよう。例えば、漱石の『こころ』では、「先生」がKを陥れ自殺に追いやった罪を自身で厳しく追い詰めた。芥川は無心に突き進む自我に憧れながら、近代的自我の目で人間に巣くうエゴイズムを見て、「生存苦の寂寞」を感じた。そして『山月記』の今の生徒たちの感想、「友と交わり、謙虚に努力することの大切さを学びました」。これらは、日本の精神的母体ともなっている「儒教的倫理観」である「他者のことを思いやり」「日々人間修養に努める」精神に照らして、己を反省する心から生じているだろう。

さらに黒崎政男氏は、現代の我々にとっての「パノプティコン」は、監視する見えないシステムとなっているネットの「記録された『私』についてのデータベース」だと言っている。以前の監視する者とされる者の図式が崩れ、支配している権力者の存在も、だれもがデジタルの眼によって監視されているという構造を明らかにしている（参考文献8）。高度情報化社会にあって、ますます「主体的な私」はないがしろにされているのが現状であろう。

フーコーは権力のあり方として、「下から支える権力」、「規律訓練型自己管理」、人々を集団として統治する力である「生政治」の三つをあげている。「生政治」とは、例えば「マイナンバーカード」に特典を付与するという形で、カード一枚に個人情報を集約させ、管理していくような政治のことであろう。さて、その権力構造から逃れて少しでも自由に生きるには、どうしたらいいのだろうか。

「新たなる古代人」になること

管理が見えない形で強まっている現代社会において、千葉氏はフーコーが提唱していることに基づいておおむね次のように言う。「近代において初めて二項対立的な、よいアイデンティティと悪いアイデンティティという価値観が成立し、それが本格的に統治に利用されてきた。その近代を見直すには、『つねに反省しなければならない主体』よりも前の段階に戻ることだ。」と。その上で次のように現代の個人のあり方について提唱している。

> 古代の世界はもっと有限的だった。自己との終わりなき戦いをするというよりは、その都度注意をし、適宜自分の人生をコントロールしていく。このことを、古代では「自己への配慮」と呼んでいました。
>
> （「第三章　フーコー——社会の脱構築」）

セネカのようなローマの賢人たちは、何か過ちを犯してもそれを根源的な罪としては捉えず、一日の終わりに日記を書いて反省して、「もうやらないようにしよう」と自分に言うだけだった。（中略）行政的であり監査的であるとされる反省の形態は、無限に深まって泥沼になることがない。（中略）主体とはまず行動の主体なのであって、アイデンティティに悩む者ではないのです。

（『第七章　ポスト・ポスト構造主義』）

漱石の『こころ』の「先生」や芥川は、儒教的倫理観から「近代的自我」の眼で見つめた「エゴイズム」を根源的罪として追い詰め、無限の泥沼にはまってしまった。近代知識人のこうした苦悩は痛切に現在の我々も感受でき、人間の心の有り様を浮かび上がらせたという意味で、漱石や芥川の作品は近代の生んだ傑作に違いない。

しかし、自己を抹殺せず、未来に「生き抜く」には、どうするのか。まず行動を積み重ねていく。そのうちに「自分はこういうことをやっていると楽しいし、こういう力を発揮して人と関わっていきたい」と思うことが次第に浮かび上がってくる。まずいことや失敗は、「古代人」のようにその都度反省し、解決していけばいい。こうした「自己への配慮」をしながら、内面にこだわりすぎずに前進していけば、自分なりの価値の秩序を作っていくこともできるだろう。鷲田清一は「他者との関係の中で自己が作られる」という。高度情報管理社会の虚構空間をさまよいがちな現代人にとって、一番大事なのは、人との直接の関わりを復活させることだろう。行動し、他者との関わり合いの中で自分の有り様が浮かび上がってくるのであって、最初から自分の中に「アイデンティティ」なるものがはっきりあるわけではないのだ。

現代でも、最初から自分の行く道がしっかりあって、迷わず進んで行く人もいる。「どこかに通じてる大道を僕は歩いてゐるのぢやない/僕の前に道はない/僕の後ろに道は出来る」高村光太郎の「道程」の冒頭の一節だ。義仲や芭蕉は、自分の進む大道がはっきり見えて、しっかりした足取りで前進した。二人の巨人は「古代人」だ。「新たなる古代人」である多くの我々は、迷いながらも行動しつつ軌跡として道はできあがっていく。心許ない足取りではあるが、ふと振り返ってみると、ああ、自分はこういうことに興味や適性があって、向いているのかもしれない、こうしていけばいいのか、と気づくだろう。

新しい「社会秩序」の中の現代人の自我

儒教の思想は実に深遠で、その精神が日本人に深く行き渡っているため、災害時にも人々は忍耐強く礼節を守っている。儒教は日本の精神的支柱となる思想で、その内容に深く感服せざる得ないものだ。しかし、江戸時代にあっては封建体制保持、秩序安定を下支えする思想であった。現在でも儒教の男尊女卑の思想は、強く根を張り、ジェンダー・ギャップ指数（二〇二三年）において、百四十六カ国中、中国は百七位、韓国は百五位、そして日本は百二十五位、である。先進国の中でも低いこの三国は、儒教国なのだ。

西欧ならキリスト教による「罪と罰」の精神であるだろう。自己抑制する監視システムは、宗教から「世間的常識」に至るまであらゆる所に張り巡らされている。もちろん、「倫理」観を否定するものではない。しかし、古い秩序や倫理がとどまっていることで自分を束縛して進めなくしたり、自己否定に陥ったり、自由を阻害するものならば、そこから抜け出し、枠組みを超えて新たな視点で捉え直す柔軟性が必要になると思うのだ。

「二項対立」とは、すなわち善悪、上下、美醜といった「相対的価値観」だ。第一章の1、2で紹介した「老荘の思想」を振り返ってみよう。例えば、数値に支配され、偏差値の高い大学に入ることが人間の価値の指標だなどと思い込んだりするのは、「二項対立的相対主義」の価値観（つまり権力構造）にがんじがらめにされた「近代の病弊」なのだ。「老荘の思想」はそんな価値観を逆転させ、「生命」の存在が何より大切だと言っていた。

「万物は一如」で生命こそが「道」なのだ。また、フーコーの、あらゆる差異を認め、「雑多な生き方を泳がせておくような曖昧さ」という考え方は、「老荘の思想」に通じるところがある。これからは、人々のさまざまな考え方を包摂するような、柔らかい社会の実現が望まれる。

大澤真幸氏によると、「現実的なものも、可能的なものも、あるいは未来的なものも、過去のものも全部含めて、社会秩序についてそれがいかに可能か、可能だったのか、可能になりうるかを問う」のが「社会学の一般的主題」だと言う（参考文献6）。個人が現行の社会秩序の中である生きづらさを感じ、それが一つの社会問題に高まってくる。たとえは、性的少数者の権利（同性婚等）、選択的夫婦別姓（個人的に結婚以来何十年も切望中）を認めるなど、社会変化の中で、それまでの秩序からはみ出してくる問題が生じてくる。二項対立では割り切れない「差異」を認め、新たな秩序の可能性を探る時期に来ている。秩序は社会の安定のためにも当然必要だが、生命や自然を傷つけたり、犯罪に結びついたりする可能性のないものなら、広く差異を認め、新たな社会秩序を作る。「雑多な生き方を泳がせておくような曖昧さにこそ、他者性を尊重する倫理がある」と千葉氏がいうこのフーコーの思想は、現在のシステム管理社会を生き抜くヒントになるのだ。

現代の自我は、他者を尊重し、違いを超えて認め合うような柔軟な社会を実現させていくと同時に、「新たな古代人」として、他者や社会との関わりの中で、自己を作り上げていくことで、形作られ、発揮されていくのだ。

参考文献

1 鷲田清一（一九九六）『じぶん・この不思議な存在』講談社
2 鷲田清一（二〇一一）『感覚の幽《くら》い風景』中央公論新社
3 鷲田清一（一九九七）『現象学の視線』講談社
4 千葉雅也（二〇二二）『現代思想入門』講談社
5 見田宗介（二〇一一）『定本見田宗介著作集Ⅵ　生と死と愛と孤独の社会学』岩波書店
6 大澤真幸（二〇一九）『社会学史』講談社
7 内田樹（二〇〇二）『寝ながら学べる構造主義』文藝春秋
8 黒崎政男（二〇〇五）『身体にきく哲学』ＮＴＴ出版

Ⅲ　ジェンダー
女の章

「女」って何？　今、日本の女性の地位の低さ、ジェンダーギャップが話題になっている。古典文学の中で「女」はどう表現されているのだろう。歌に生きた和泉式部、物語に生きた『更級日記』作者菅原孝標女《すがわらのたかすえのむすめ》、この二人の作家たち。『竹取物語』のかぐや姫、『源氏物語』の浮舟、対照的な二人のヒロイン。これらの四人を取り上げて、そこに今の「女」の有り様を重ねて考える。

和泉式部——肉体が生む言葉、孤独な魂が織りなす歌——

平安時代、男は漢詩文を一流の文学と見なし、才のない（と考えられた）女性はもっぱら仮名文を使用し、歌や文章を綴ることによって自己を表現してきた。漢文より自由に思いを表現できる「仮名文」を使って、平安文学を担ってきたのは、天皇、皇后、中宮、親王たちに仕えた「女房」であった。女房たちは、現代で言う公務員的な「キャリアウーマン」で、中流貴族の娘が半ば家庭教師のように貴人に仕え、知的な人材として後宮文化を支えてきた。結局、その女房たちが「日記」や「物語」を「仮名文」で書き残したため、平安朝の文学の担い手は「女」たちとなり、今に残っているのは『源氏物語』や『枕草子』、『更級日記』などの女流文学となったのだ。

最初に登場するのは和泉式部。彼女は平安女流歌人として最も名高く、一方で様々な男性と関わりを持った「多情」な人物との印象が強い。恋愛面で主導権を握り、歌によりぐいぐい男を引きつけてリードした情熱の歌人であったのでは？

九七八頃	和泉式部誕生
九九六頃	橘道貞《たちばなのみちさだ》と結婚か
九九七頃	小式部誕生か
一〇〇一	為尊《ためたか》親王と恋愛
	父怒って勘当する
一〇〇二	為尊親王死去（26）
一〇〇三	敦道《あつみち》親王と恋愛
	親王邸に入る
一〇〇六	親王の子永覚《えいがく》出産
一〇〇七	敦道親王死去（27）
一〇〇九	一条帝中宮彰子の女房として出仕
一〇一三頃	藤原保昌《やすまさ》と結婚か
一〇一六	小式部内侍、静円《じょうえん》出産
一〇二〇	保昌丹後守《たんごのかみ》
	和泉式部ともに下向
一〇二五	小式部出産により死亡（29か）
一〇三六	保昌死去（79）
	これ以前に和泉死去か

さて、「本当の」和泉式部はどんな人物なのだろうか。

和泉式部　史実からわかるその一生

平安時代の女性たちは著名であっても資料に記録されることもなく、天皇の后になるほどの高貴な人物以外は本名が分からないことがほとんどだ。和泉式部については、『和泉式部日記』や『和泉式部集』に千二百首以上の和歌が残っていることから、その人生が推察できる。

父は大江雅致《まさむね》（越前守《えちぜんのかみ》、越中守）、母は越中守平保衡女《たいらのやすひらのむすめ》で、冷泉帝妃《れいぜいていきさき》昌子の乳母《めのと》であった。出生年は明らかでないが、円融朝の、九七八年頃という。「和泉式部」というのはもちろん女房名（宮中に仕えたときの呼び名）で、最初の夫　橘　道貞《たちばなのみちさだ》と結婚し、道貞が和泉守《いずみのかみ》として任国に下った（九九九年）ことから、その名がついた。道貞との間には、やはり歌人として名高い小式部内侍《こしきぶのないし》が生まれている。道長の信頼を得ていた道貞は、父の雅致の強い希望で婿として迎えられた。しかし、道貞との結婚生活はうまく続かなかったらしい。和泉が道貞に対する未練の歌を残していることから、去ったのは道貞の方であったと考えられている。そんな折、当時プレイボーイとして名高い為尊《ためたか》親王の求愛を受け恋愛関係になり、和泉は父の怒りを受け、勘当されている。為尊親王は翌年病気で薨去《こうきょ》（死去）する。

その一年後に弟の敦《あつ》道《みち》親王との恋に陥る。二人は歌のやりとりを通して結びつきを深める。高貴な身分ゆえに和泉の家を訪れることがままならぬことから、敦道親王は自邸に和泉を引き取る。元からいた北の方（右大将中の君）は、憤慨し祖母の家に帰ってしまった。その後、和泉は敦道親王の子ども永覚を出産している。その結婚生活も三年ほどで敦道親王が薨去《こうきょ》し、終わってしまった。

所在なく過ごしていたであろう和泉のもとに、時の権力者道長から誘いがあって、一条帝の中宮彰子に女房として仕えることになった。その後道長の家司《けいし》（家の事務係）であった保昌《やすまさ》（和泉よりほぼ二〇歳年長）と知り合い結婚した。保昌は武勇に優れた剛毅な人物として多くの説話に残されている。その結婚生活は長く続き、保昌が大和守《やまとのかみ》、丹後守《たんごのかみ》となった折に和泉も同行している。保昌と丹後に行っている間、歌合の指導を母に依頼したのではと、定頼《さだより》にからかわれたことに対し、小式部内侍が「大江山いくのの道の遠ければまだふみも見ず天橋立」と詠んで反撃したことは説話でも有名である。その娘の小式部は母と同じく中宮彰子に仕えており、道長の子教道《のりみち》との間に、男児（静円僧正）を出産した。その数年後に頭中将《とうのちゅうじょう》公成《きみなり》の子（頼仁《よりひと》阿闍梨《あじゃり》）を出産した際に、小式部は若くして没してしまう。愛する子の小式部を失った和泉の悲嘆はこの上なかった。

保昌との結婚生活は長く続いたと考えられているが、残された歌も少ないことから、和泉の晩年はよくわかっていない。和泉のこの経歴から見えてくること、その第一は、華やかな（と見える）男性遍歴、その第二は愛する者に先立たれる孤独であろう。

その第一の男性遍歴から生じた「和泉式部」はその後、どう語り伝えられるようになったのだろうか。

説話『沙石集』に見る和泉式部の「浮かれ女《め》」

鎌倉時代中期に無住によって書かれた『沙石集』を見てみよう。

和泉式部は、好色の美人だったが、道命《どうみよう》阿闍梨《あじやり》が貴い僧であるとの評判を聞いて、鹿背山《かせやま》の山寺で修行中の道命を堕落させようとして、歌を詠んで言い寄った。

都出でて今日みかの原いづみ河河風寒し衣かせ山

この歌に愛でて、道命は女色に堕ちてしまった。

（巻五末ノ二）

和泉式部と道命との恋愛については、説話が多い。道命は、藤原道綱の子（『蜻蛉日記』作者の孫）で、道綱と和泉は歌のやりとりをする友人であった。僧は、女性との恋愛は厳禁である。「都出でて」の歌に使われている二つの掛詞を明らかにしてこの歌を訳してみると、「都を出て三日でみかの原に着きました、いづみ河の河風が寒いから衣を貸してください、鹿背山よ」となる。道命はこの歌があまりよくできていたので、和泉式部と関係してしまった、という。

【和泉式部関係系図】

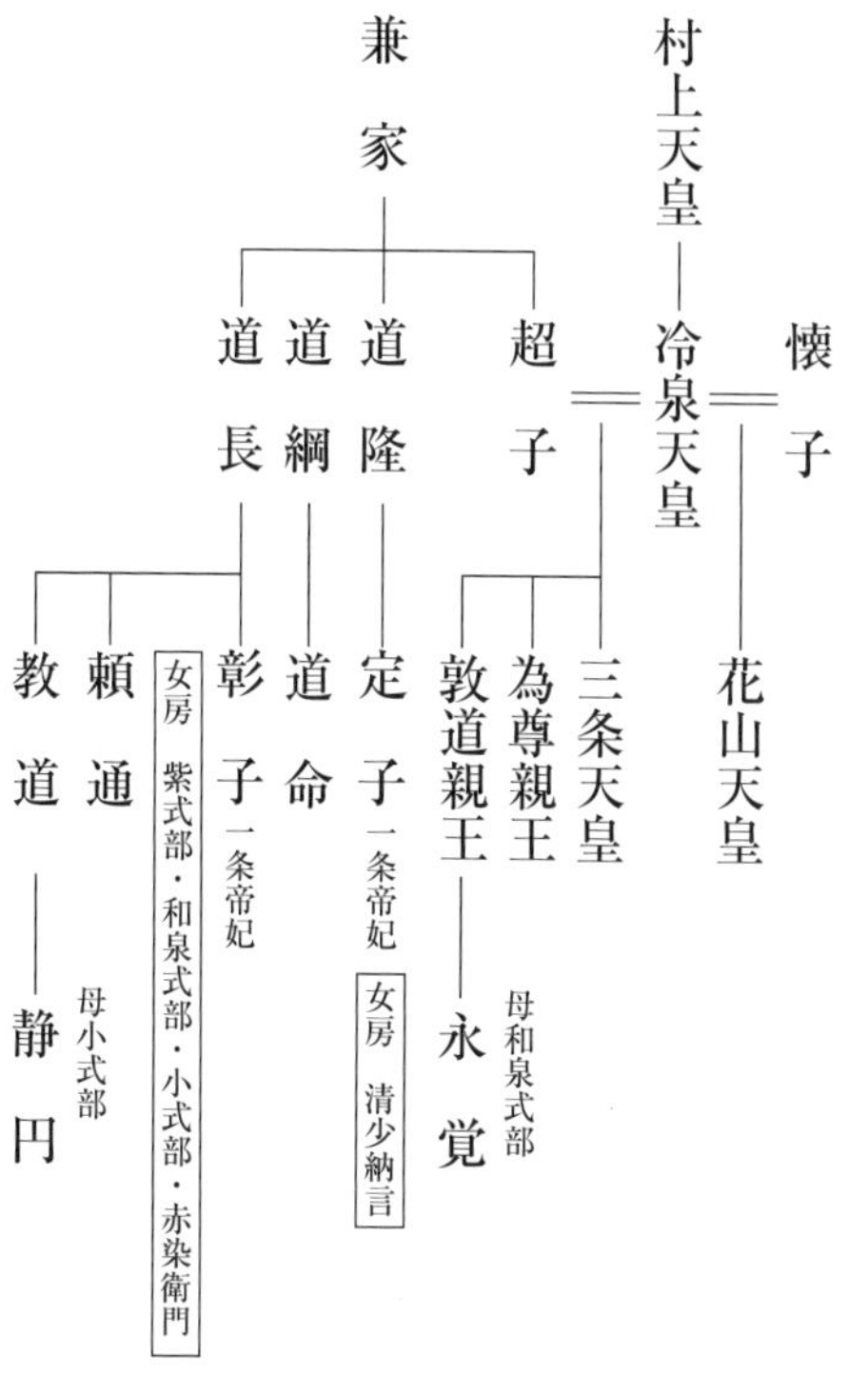

　また、夫の保昌が訪れたとき、通ってきていた道命が唐櫃《からびつ》に隠れた話もある。道命は読《ど》経《きょう》の名人だ。この話とは別に、和泉式部の子である僧がいて、読経のすばらしさが心にしみた話も『沙石集』にあり、その和泉の子というのは、道命との子であろうか、とある。

和泉式部、男かれがれになりける（訪れが途絶えがちになっていた）時、貴船にこもりて、蛍の飛ぶを見て、

もの思へば沢の蛍も我が身よりあくがれ出づる玉かとぞ見る

（男に忘れられて物思いにふけっていると沢のあたりを飛ぶ蛍は私の体からさまよい出て来た魂なのかと思ってしまう）

かくながめければ（こう歌を詠じると）、御殿（社殿）の中に、忍びたる御声にて、

奥山にたぎりて落つる滝津瀬《たきつせ》の玉散るばかりものな思ひそ

（この奥深い山にたぎっては流れ落ちる滝のように魂が砕け散るほど思い悩むではないぞ）

（巻五末ノ七）

貴船神社は、鞍馬にある寺で、愛情を祈願する神として古来から有名である。

和泉式部が保昌に愛されなくなって、貴船神社で愛の復活を巫女に祈祷させた

ところ、巫女からまじないのため、下品な仕草をするよう求められ、ためらって次の歌を詠んだ。

ちはやぶる神の見る目も恥しや身を思ふとて身をや捨つべき

見ていた保昌は和泉をいじらしく思って、連れて帰り、愛情は深くなった。

（巻十末ノ十二）

「もの思へば」の歌は『後拾遺集』『和泉式部集』にあり、そこから説話化した話が多くの書に見られる。あたりを蛍が飛び交う様子を見て、自分の苦悩の魂が舞い散っていると思って眺めてしまう、そんな思いの深さを蛍の明滅する光の中に表現しえている点で、比類がない歌だ。「奥山」の歌は、その和泉の歌に感動した神が答えたものだ。既に和泉の歌の力が説話化されて伝えられている。「ちはやぶる」は「神」の枕詞で、この歌は「男に忘れられた自分の身を思い悩むからといって、自分の身を捨てるような恥ずかしいことはできない」という意味だ。和泉の慎みの気持ちと、保昌への思い悩みの深さとがせめぎ合うようにして生まれたこの歌に、保昌は感銘を受けたことになっている。『和泉式部集』には見られず和泉が作った歌ではないと推察される。

道命との不倫、貴船社での神との応答、保昌との愛の復活、どの説話も和泉の歌の素晴らしさにより、事態が好転した形になっている。この二つの貴船神社の説話は、和泉式部の歌の力を示した「歌徳説話」である。史実から離れて、更に歌仲間の道綱の子、道命との関係、また道命との間に子をなすとまで脚色されていく。和泉式部の愛と歌の力は切り離して考えられず、放埒《ほうらつ》な人物に仕立て上げられ、後に伝えられ語られるようになっていくのだ。

『御伽草子』(室町物語集)の和泉式部

時代が下って、和泉式部の「多情」はどのように描かれているのだろうか。

一条院の御代に和泉式部というみやびな官女がいて、保昌と結婚した。十四歳で若君をもうけたが、小袖に一首の歌を書き付け、守り刀を添えてその子を五条の橋に捨ててしまった。町の人が拾い育て、比叡山で学問をさせたところ、漢詩や和歌の道にも通じ、出家して道命阿闍梨といった。

道命が十八歳、仏道のおつとめで訪れたところ、宮中の御簾が吹き上げられ、美しい女人を一目見て、面影が忘れられない。学問も修行も身に入らず、なんとかもう一度その女人に会いたいと宮中にさまよい行く。面白い恋の数え歌を二十一作って柑子《こうじ》（みかん）を売った。下女からこの話を聞いてただ者でないと思い、和泉は後をつけさせ、道命の宿を訪ねていった。歌を詠み交わし、深い契りのあと、守り刀を放すまいとする道命にその訳をただすと、契りを結んだのは、なんと十四の折、捨てた我が子であったのだ。

親子の間と知らずながら犯した罪の深さを思い知り、これを仏道へのたよりと思い、播磨《はりま》国書写山、性空《しょうくう》上人のもとで出家をした。六十一で往生をとげるとき、

暗きより暗き道にぞ入りにけるはるかに照らせ山の端の月

と拝殿の柱に歌を書き付けた。

（『御伽草子』「和泉式部」より）

道命は道綱の息子であるが、ここでは和泉と保昌の実子となっており、しかも実の子と知らず関係を持ってしまう。ギリシャ悲劇「オイディプス王」のような近親相姦にまで発展している。そんなとんでもない話になったのは、あまりに刺激的な実子道命との関係が、仏道に導く機縁〈きっかけ〉の出来事として物語に位置づけられているからだ。ここまで

和泉を多情路線で爆走させるとは。発端は、それほど男が夢中になるような魅力があったからということなのだが。そして、和泉の歌のことばによって、男の「おもひ」に「ひ」(「思ひ」と「火《ひ》」は掛詞)がついてしまうということもあるだろうが。

同時代『紫式部日記』による評　「けしからぬ」女

和泉式部といふ人こそ、おもしろう書きかはしける。されど、和泉はけしからぬかたこそあれ。うちとけて文はしり書きたるに、その方の才《ざえ》ある人、はかない言葉の、にほひも見え侍るめり。

(『紫式部日記』)

これは紫式部が同じく中宮彰子に仕える和泉式部を批評した、有名な一節である。「けしからぬかた」とは何を指しているか、それは、和泉が男関係で節度がなかったことを批判的に言った言葉だ。尊貴この上もない為尊親王との恋愛関係は一年も続かず、親王が亡くなってしまう。その後一年も経たないうちに、今度は弟の敦道親王との激しい恋に陥る。また、和泉との歌のやりとりから他の男たちとも関係があったことが推察される。道長に

「浮かれ女」とからかわれているように、確かに当時の人々には、和泉は男関係が華やかな女だと映ったのだ。

和泉式部が多情に見られるそのわけ

道貞との結婚が不和に終わったことは、為尊親王との恋愛事件によると考えられていたが、後々まで数多くの歌に最初の夫道貞への未練の思いを詠んでいることから、和泉の浮気が直接の原因ではないと考えられるようになった。道貞が任国和泉に他の女と同行し、妻として和泉を連れて行かなかった。その間言い寄ってくる男達との関係はあっただろう。そして為尊親王との関係が知られ、父の怒りで勘当され、別宅に移ったようだ。和泉は魅力的な女性だったので、なおさら多くの男性から言い寄られることになった。

当時の結婚は、現在の一夫一婦制や法的届け出という制度はなく、権力者の多くは一夫多妻が普通であり、男が女のもとに通ってくれれば結婚は続く。女性も夫だけでなく、他の男性とも関わりを持つこともあった。あまり行きすぎる場合は当然世間の批判はあったにしろ、「貞女は二夫にまみえず」というような倫理観は存在しない。

次々と歌を詠みかけて迫って来る男性達をすべて追い払いきることは難しい。和泉式部と比べて身持ちの良さを紫式部から評価されている赤染衛門《あかぞめえもん》さえも、その歌集で、夫の大《おお》江匡衡《えのまさひら》以外の男達との交渉が記されている。つまり、現代からするとかなり男女間はおおらかに考えられていた。

為尊親王は大層美貌であった。「色めかし」く（好色）て、多くの女性と関わった。その薨去《こうきょ》の様子は次のように語られている。

> 弾正宮《だんじょうのみや》（為尊親王）うちはへ御夜歩きの恐ろしさを、世の人やすからず、あいなきことなりと、さかしらに聞こえさせつる、今年はおほかたいと騒がしう、いつぞやの心地して、道大路《みちおおじ》のいみじきに、ものどもを見過ぐしつつあさましかりつる御夜歩きのしるしにや、いみじうわづらはせたまひて、うせたまひぬ。このほどは新中納言、和泉式部などに思しつきて、あさましきまでおはしましつる御心ばへを…
>
> （『栄花物語』「巻七とりべ野」）

親王の死因は、疫病が蔓延していた当時、道にある死骸を目にしながら女の家に夜歩きを続けたため、（その疫病で）ひどく患って亡くなった。近頃は新中納言や和泉式部などに夢中で、あまりに情けないご様子だった、と『栄花物語』にはあるが、『権記』（藤原行成の日記）によると、前年の十月から病んでいたとあるので、死因は疫病でなかったようだ。当時の社会にあっては最も尊貴である親王が夜な夜な受領《ずりょう》階級（国司程度の中流貴族）の和泉の元に通ってきたというのは、とんでもなく軽率で大きく噂の種になることであった。和泉がその相手として非難の的となってしまった。

弟の敦道親王は『和泉式部日記』冒頭に「いとあてにけけしうおはしますなるは」（とても高貴で近づきにくていらっしゃる）とあるように、やはり美貌ではあったが、その人柄は兄宮と違って、まじめで、漢詩や和歌に造詣が深い文雅の人であった。道隆の三女を正妃として迎えたが、精神疾患があったらしく後に離婚した。小一条殿（大将済時）の中の君を次に妻として南院に迎えた。年月を経て次第に気持ちが冷えて、和泉に熱中し、振り向きもしなくなったので、北の方は小一条の祖母の元に帰ってしまった。「和泉をば、故弾正宮もいみじきものに思ほしたりしかば、かく帥宮もうけとり思すなりけり。」と『栄花物語』「巻八はつはな」にある。帥宮は和泉を自邸に女房として迎え、愛の日々は続いた。

一〇〇五年（寛弘二年）頼通が賀茂祭の使者として立ち、行列を父の道長も見物した。

「帥宮、花山院など、わざと御車したてて物を御覧じ、御桟敷《さじき》の前あまたたび渡らせたまふ。帥宮の御車の後には、和泉を乗せさせたまへり。」と『栄花物語』にあり、二人の関係は人々の目を引くものだった。兄の死後一年と経たずに、兄宮を夢中にさせた和泉と熱烈な関係に陥るとは。人々があきれ、大きな噂になるのも無理はない。その翌年、和泉は親王の子ども永覚を出産している。

あさましきことは、帥宮の思ひもかけざりつるほどに、はかなうわづらはせたまひてうせたまひにしこそ、なほなほあはれにいみじけれ。
（『栄花物語』「巻八はつはな」）

敦道親王の死はこのようにあっけなく訪れた。

最初の夫、道貞に対して心を残していること、愛する二人の親王達との関係ははかなく、二人ともに相次いで先立たれたこと。このように、和泉が自分の心から愛する者から切り離される運命にあったからで、相手が生きていて関わりが継続するようなら、こんな愛の遍歴などなくてすんだはずだろう。愛する者がつぎつぎに和泉を取り残して去ってしまったからこそ、「男を取り換え引き換え」しているように見えただけなのではないか。和泉式部を巡る運命が彼女に「けしからぬ」人生をおくらせることになったのである。

当時の貴族の女性は、頼れる縁者がないときは、身分の確かな男性と結婚して生活のよりどころを確保する必要があった。中宮定子亡き後、生活の基盤を失ったと思われる清少納言が、乳母の子と田舎に下り惨めな姿で宮中の栄華を懐かしがったということが『無名草子《むみょうそうし》』に語られている。和泉が二十歳も年の違う保昌と結婚したのも、生活の安定を据えるということがあっただろう。

『和泉式部日記』による敦道親王との恋模様

前年恋人の為尊親王がむなしく亡くなり、「はかなき世の中（男女の仲）」を嘆き迎えた初夏。物思いに沈んでいる女の元に亡き親王に仕えていた童《わらわ》が、親王の弟である帥《そち》の宮（敦道親王）の使いでやってきた。童は手にした花橘《はなたちばな》を渡し、「いかが見給ふ」と親王の言葉を伝える。橘は『古今集』の歌で有名な「昔の人の袖の香」を思い起こさせる懐旧の花である。亡き兄親王への思い出を共有する和泉に「この花をどう見ますか」と問いかける。和泉は「かをる香によそふるよりはほととぎす聞かばやおなじ声やしたると」と歌を詠んで託す。橘と同じ初夏の風物「ホトトギス」は冥界に通う鳥として知られ、亡き親王を思い起こさせる。「お兄さんをしのぶ宮様は、同じ声、心を持っているのかしら。知りたいわ」と、いうことだろう。和泉のことだから、積極的に弟宮に誘い懸けた歌ではないかと取ってしまいそうだ。しかし、もともと帥の宮は、兄宮のかっての恋人和泉に、兄宮との思い出をたどるという形で、女への興味を示してきた。それをやんわり受けるという形で、和泉はやはり親王に興味を向けたというぐらいだろう。

女の歌に対して親王はこう返す。「おなじ枝になきつつをりしほととぎす声は変らぬものと知らずや」同じ母から生まれた兄弟ですからあなたに対する気持ちも兄と同じです、私を兄の代わりに思ってくださいと、ここで初めて求愛の気持ちを表現している。

敦道親王の父冷泉帝は精神疾患があり、わずか二年で位を辞している。母の超子は姉や兄弟と談笑後の明け方に脇息《きょうそく》（肘掛け）に寄りかかりながら若くして亡くなった。母も兄の為尊親王も短命であり、敦道親王は、父の狂気と母と兄の死によって、生存の不安を心に宿していた。一方、和泉は最初の夫道貞との不和や為尊親王の死、父の勘当が重く心に残っていた。こうした二人はともに孤独な魂をかかえての出会いであった。

歌のやりとりを通じて宮に心ひかれるようになり、四月下旬の月夜の晩、宮は和泉の元を訪れ二人は結ばれた。相手が親王だけに、正式な結婚などは思いもよらないはずで、世間の目を考えれば続けざまに三日間和泉のもとに通うことはできない。あんなに故宮に愛されたのに、こんなにも宮に心惹かれてしまう、と女は思い乱れる。女は宮の訪れが間遠であることを嘆き、「待ったとしてもこんなにつらいなら待ってなかったのに、あなたが来ないと分かったこの夕暮れのさみしさよ」こう送る。一般的に女は歌で待つ形を取る。しかし和泉は「待ったらいけないの？　こんなつらい夕暮れを過ごさせないで、来てほしい」と屈折した表現ながら強く宮の来意を促す主張をにじませる。宮はそんな歌に「いとほしう」（かわいそうだ）と心打たれる。和泉の歌は、一般の「女歌」の「じらして待つ形」を超えて「和泉そのもの」がほとばしり出てくる力を持つ。和泉が宮や男達の心を引きつけたのは、この「歌の力」も大きくあったのだろう。

五月雨が降りしきる夜、行き違いがあり、宮との関係がつかめず思い悩んでいる女のもとに、宮から手紙が来る。「折りをすぐし給はぬを、をかし」と思う。女が「ながめ（眺め・長雨）」ているちょうどその時を見過ごさないように、手紙を送ってくれるその繊細でやさしい心遣いに打たれる。晩に美しい月を眺めに縁に出ていると、「いかにぞ、月は見給ふや」と歌を送ってくる。七夕にも、折りにふさわしい歌で、女が遠く石山寺に籠もっている時にもわざわざ童を使わして便りを届ける。高貴で美貌の親王ということを超え、自分と同じ感性を持つ心通う人として、女は親王の存在を強く感じる。北の方の目や乳母の戒める言葉を気にかけながらも、宮もこうした精神的な結びつきを深めていき、二人は離れられないものとなっていく。

為尊親王が亡くなったときは親王を偲ぶはっきりとした挽歌は残されていない。和泉と為尊親王との二人の関係は、和泉の残した歌からは裏付けられず、『和泉式部日記』に「故宮のさばかりのたまはせしものを」とあるように、為尊親王から和泉への執着は表れているが、為尊親王が病気の際の和泉の行動から察すると、親王の病気に対する憂慮は感じられないという（参考文献4）。つまり、為尊親王と和泉の二人の関係はあったであろうが、親王から求めらた愛欲の関係であって、精神的に深く結ばれていたわけではないのだろう。

橘の枝から始まり、時の移り変わりに折々の自然の景物が鮮やかな色合いを添え、二人は歌を通して互いの恋心を次第に深く染め上げていった。しっかりした夫もなく和泉式部がはかなげに暮らすところに誘惑の手を伸ばす男達から、和泉を遠ざけたい。敦道親王はいつでもともに過ごせることを強く願い、和泉に親王の自邸に来るよう何度も誘いをかける。ついに自邸に招いた和泉をそば離れず寵愛する親王に、北の方は怒り、姉である皇太子（三条天皇）の后のもと、実家に帰るという場面で、ふっとこの日記は途切れている。

こうして、『和泉式部日記』は、童が橘の使いにやってきてから八ヶ月間、百四十七首の親王との歌のやりとりによる二人の愛の記録となった。

自我の表現による新しい歌

歌は、いとをかしきこと。ものおぼえ、歌のことわり、まことの歌よみざまにこそ侍らざめれ、口にまかせたることどもに、かならずをかしき一ふしの、目にとまる詠み添へ侍り。それだに、人の詠みたらむ歌、難じことわりゐたらむは、いでやさまで心は得じ、口にいと歌の詠まるるなめりとぞ、見えたるすぢに侍るかし。恥づかしげの歌よみやとは憶え侍らず。

（『紫式部日記』）


和泉の歌は何気なく詠まれた言葉に風情があり、面白い歌人だが、歌の知識や理論は大して分かっていないし、本格的な歌人ではなく自然と歌が詠めてしまうにすぎないと、紫式部は結論している。

「しかし紫式部自身が、『源氏物語』御法《みのり》巻—物語正編の女主人公紫の上の死を叙する巻—で、…さるは、身にしむばかりおぼさるべき秋風ならねど、露けきをりがちにてすぐし給ふ。と、その紫上の病床の姿を描いたとき、他ならぬ和泉の、

秋吹くはいかなる色の風なれば　身にしむばかりあはれなるらむ

を引いたことは明らかである。」（参考文献1）とあり、やはり和泉の歌に宿る本質的な力を紫式部は誰よりもよく分かっていたからこその引用ではないか。

紫式部が言うように、和泉は歌の論理や勉強もせず、天然気の向くままに歌を詠んでいたのだろうか。そうではないらしい。源《みなもとのとおる》融の残した邸宅「河原の院」は、花山院を中心に、曾禰好忠《そねのよしただ》をはじめ多くの中下流貴族達の和歌サロンであった。そこで和泉も歌を学んでいたし、、歌集の詞書きにも「万葉集」を借りて勉強したという記述（続四八三）も残る。百種歌やさまざまな連作も試みている。歌は和泉にとって生きることと同じであったのだ。

和泉の時代の勅撰和歌集は藤原公任《きんとう》選の『拾遺抄』を増補したと考えられる『拾遺和歌集』である。『拾遺集』に所収された和泉の歌は、「暗きより」の歌一首だけである。当時

は『古今集』の流れにあり、和歌は、修辞を駆使して物の見方や面白さを日常の外に作り上げる言葉による世界だった。その意味で、紫式部や、紫式部が高く評価していた赤染衛門は、古歌の内容を熟知して古今的な趣向により和歌空間に歌を作り上げたのだった。

ところが、和泉式部の歌は自己の個の立場から発せられ、和歌と個人が直接結びつき、内面を切実に表現したものとなっている。「一種の自我の表現になり得ている点で、和泉の歌は自我伸張の時代における和歌にふさわしい新しい性格を」持っていた（参考文献3）のだ。つまり、当時としては新しく、時代をリードする面が強かったため、その当時の歌人達から見れば、「本格的」な歌人とは見なされなかったのだ。

その後の『後拾遺集』では、和泉は六十七首入集の最多歌人（相模四十、赤染三十二）となり、「自我の表出」としての和泉の和歌は、以降の時代の人々の共感を生んでいった。勅撰集総計二百四十七首入集したのは、西行の二百六十五首に次いでいる。西行と並んで最も人々に愛唱される歌人となったのだ。

和泉式部　歌の魅力

和泉式部の代表歌を取り上げ、その歌の魅力を考察して行くことにしよう。

1　播磨《はりま》のひじりのおもとに、結縁《けちえん》のためにきこえし
暗きより暗き道にぞ入りぬべきはるかに照らせ山の端の月　66
（『和泉式部集正集』）
（播磨山の性空上人のもとに、仏道に入ろうとして申し上げた歌
私は今迷いの多い暗い世界からもっと暗い冥界へと進んでいるようです。聖人様、どうかあの山の端を照らす月のように私の足下を照らして仏の道にお導きください。）

『拾遺集』所収の和泉唯一の歌で、『法華経』化城喩品《けじょうゆぼん》「冥《くら》きより冥きに入る」という仏典の語を引用している。面白い着眼としてこの語を歌に利用したという考えもあるだろう。しかし、そうは思えない。「冥《くら》きより冥きに入る」は借り物の言葉ではなく、当時和泉が置かれていた心理状況そのものだっただろう。夫との離別、親の勘当、為尊親王との死別とうち続いた失意の時期に作られたと考えられるのだから。

歌に仏典の引用をするのは当時なされるようになった新しい着想ではあるが、和泉の場

合、古歌の引用をするにしても完全に自分のものに消化し、体から言葉が生み出されてくる。仏典を深く理解した上でこの語を内面に取り込んだものとして、和泉の迷い、行く先の見えない闇を進むという様を表しており、痛切な思いが伝わってくるのだ。

先に引用した御伽草子では、この歌によって、迷い多い愛欲から逃れ、往生する最後の歌としてまとめられている。

2　なほ尼にやなりなまし、と思ひたつにも
　捨てはてんと思ふさへこそ悲しけれ君になれにしわが身と思へば　99
（『和泉式部集続集』五一）
（尼となりこの世を捨てきってしまおうと思うことまでも悲しくてならない。この私の身は宮様に慣れ親しんだ私自身なのだから。）

3　思ひきやありて忘れぬおのが身を君が形見になさむものとは
（『和泉式部集続集』五二）
（思ったことがあっただろうか。こうして生きている私の体は宮様が愛してく

れた体であって、その体を宮様の形見として忘れることができないなんて。）

帥宮を失った悲しみははかり知れなく、百二十二首もの挽歌として残されている。この二首はともに宮との性的な関係を自分の肉体にとどめて、その肉体から宮を追慕した歌だ。宮亡き後、宮に愛された我が肉体をいとおしむことしか、宮を偲ぶよすがはないのだ。肉体を表現した愛の歌は『万葉集』の相聞歌にはみられたが、『古今集』の歌は抽象的に作られた和歌的世界に恋を表現するものとなっていた。だから、当時にあっては和泉の恋の歌は画期的で、まぎれもない和泉自身の感情の痛切さ、切実さが、肉体の感覚を伴って表明されているのだ。

4　小式部内侍みまかりて、むまごどもの侍るを見て
とどめおきてたれをあはれとおもふらむ子はまさりけり子はまさるらむ　97
（『和泉式部集　松井本』）

（小式部の内侍がなくなって、孫達を見て
私も孫も残してお前は死んでしまったが、いったいだれのことをしみじみ気がか

りだと思ったのだろうか。やはり親よりも子どものなのだなあ。私も先立たれた
お前のことを一番いとおしくつらく思うのだから。）

和泉は丹後国から帰ってきてまもなく最愛の娘小式部に先立たれた。和泉はその死を悲しむ挽歌を多く作っている。小式部は教道の子と公成の子と、二人の子を残していた。『栄花物語』「巻二十七衣の珠」に小式部内侍の死について記述があり、この歌が収められている。同じ語句の繰り返しは短詩形の歌にあっては避けるものだが、「子はまさる」という語句の繰り返しにより、紛れもない真理の発見が悲しみの深さとなって表現され、ぐいっぐいっと迫って感じられる。親を思うよりずっとずっと強く子をいとおしく思うものではないか。

和泉式部と与謝野晶子

5　黒髪の乱れも知らずうち伏せばまづかきやりし人ぞ恋しき　27（『後拾遺集』）

（黒髪が乱れるのもかまわずに身を横たえると、その髪をかき上げてくれたあ

の人が思い出され、恋しくてならない。）

黒髪をまといながら寝乱れる女の妖艶な姿態が目に浮かぶ。その黒髪から思い起こさせる恋人の記憶。この黒髪を掻き上げたあの人の手の感覚が切ないまでに蘇ってきて、あの人が愛おしくてたまらない。黒髪という肉体に宿る記憶が和泉のからだの内側から熱くあふれでて、その調べが歌の言葉となっているようだ。和泉の歌は自身の肉体を通して言葉となったものなので、和泉がすぐ隣にいて歌を詠んでいる、その存在感、体温までも我々に感じさせる、そんな歌なのだ。

この歌の影響は大きく、藤原定家は「かきやりしその黒髪のすぢごとにうち臥す程は面影ぞ立つ（一人横になっていると、自分がかつて掻き上げてやった女の髪が一本一本思い起こされてくることだ）」（『新古今和歌集』）と和泉の歌に答える「男の歌」を作っている。時代を隔ててのつながりが面白い。

もう一人「みだれ髪」といえば、与謝野晶子をだれしも思い浮かべるだろう。晶子に黒髪を詠んだ歌は多い。「くろ髪の千すぢの髪のみだれ髪かつおもひみだれおもひみだるる」（『みだれ髪』）この歌は秀歌ではないが、和泉と定家を直系に受けている歌だ。

和泉式部は明治に入ってから情熱の歌人与謝野晶子が取り上げて研究した。歌人として自己の内面から歌を詠み出すという点で、二人は共通する資質を持ち合わせていたと思う。しかし、晶子によって和泉が「恋と情熱の歌人」として新たに紹介されたため、晶子と和泉を同等視してしまう誤解を生んだ。確かに、歌の表現として二人とも専門歌人として歌を「作る」のではなく、時に応じ内面からこみ上げてくる思いを歌として表現したという点で、「天然」、あるいは「天才」歌人としては深くつながっている。晶子は、もとより性の大胆な肯定、因習に縛られた女性の解放と、封建色の強い明治大正にかけて真に「自立して」活躍した。鉄幹との激しい恋により、前妻を追い出した点では和泉に似通うところはあるものの、不振の夫を支えながら十二人の子どもを産み育て、歌によって生活を支え、夫への愛を貫き得た。二人の女は、置かれた「時代」も個人の状況も全く違うのだ。

愛と歌に生きた和泉式部

6
ここちあしきころ、人に
あらざらむこの世のほかのおもひでにいまひとたびのあふこともがな　62

（具合が悪い時、人に送った歌

私はもうこの世に生きてないでしょう。あの世に旅立つその思い出として、もう一度あなたにお逢いしたい。）

（『後拾遺集』）

この歌は「百人一首」にも取られていて最も有名な歌だ。「あふ」とはもちろん深い関係を持つことを意味しているのだから、死の間際までこんな思いを恋人へとどけるなんて、情熱的としか言い様がない。いったいだれに届けようとしたのか。

7　山を出でて冥きみちにぞたどりこし今ひとたびのあふことにより

（石山寺を出て、私は迷いの多い道をたどってもどってきました。もう一度あなたに逢おうと思ったためなのです。）

7の歌は、6の歌と1の歌の二つに通じる歌で、『和泉式部日記』の中にある。はるか石山寺まで童を使いにやって歌を届けた帥宮に対して、和泉が参籠《さんろう》から帰って来た折りに送った歌だ。男（宮）との関係に迷い苦しむ日々から逃れ、山で仏にすがったものの、やはり和泉は迷いの多い暗い道をもどってきてしまった。帥宮への愛に生きようと思って。この歌は、宮に対する愛に生きる決意を表している。

「あらざらむ」の歌を送った相手はだれだか不明だ。このとき既に帥宮は亡き人ではあった。しかし、和泉が心も体も最も深く愛して魂を共感しあったのは帥宮だけだと思われるので、この「あらざらむ」の絶唱は、和泉の死の前に最愛の帥宮へ、今は亡き宮様へ捧げられた歌だと思いたい。

和泉式部の虚像と実像

和泉式部と言えば、思いが言葉となってあふれ出た歌を作り、相手の男も、そして自らもその歌の言葉によって恋の火をつけて進んだ情熱歌人。歌によって恋によって自立し得た女性だと思っていた。平安朝のジェンダーを考えるテーマとして第一に選んだのは、その印象からだった。

晶子によって「和泉式部日記」の現代語訳もなされ、和泉式部像は、説話の域を脱するようになった。「男女交際の自由を持つ女房階級の女子は、男子の批判に目が肥え、愛情に、思想に、趣味に、風采容貌に、社会的位置に、できるだけ揃って優れた対象を選択しようとするために、かえって数奇な閲歴を自ら作ることになります。和泉式部は真に極端な例です」と、晶子はのべている。和泉式部自身も放埓に思える人生に対して「不満と悔恨と寂しさの中にわが身の運命を嘆」いており、彼女の歌集には己に誇る得意な歌は全くなく、そこに流れるのは「彼女自らの「はかなさ」と「さみしさ」」とであると、言っている。

平安朝の中流（受領層）の女性達は確かな男を見つけて結婚し、経済的な拠り所を得る必要があった。親や、夫の経済に依存するほかはなかった。また、当時の男女間は自由であり、女性も男性も複数関係を持つことは普通にあった。結局、女は男にひきずられるまま生きて行かざるをえず、特権的身分でない限り「自立」は難しい時代だったのだ。男によって運命が決まってしまう。和泉も男達に従いながら愛欲の生活を続けざるをえなかったのだ。そのような状況で、女性としての魅力と、人を引きつけてやまない心を打つ歌の力によって、愛する者に取り残される孤独な運命にさらされながら、なんとか生き抜いてきた。和泉式部にとって歌があったから、その「はかない」「さみしい」思いを刻み続けることができたのだ。
歌は彼女にとって存在証明に他ならないのだ。

※歌の現代語訳は拙訳。歌の下の番号は『宸翰本和泉式部集』の歌番号。
※歌の引用は読みやすくするため、表記を改めたところがある。

参考文献

1　野村精一校注（二〇一七）『新潮日本古典集成新装版　和泉式部日記　和泉式部集』新潮社
2　藤岡忠美、中野幸一、犬養廉、石井文夫校注・訳（一九九四）『新編日本古典文学全集　和泉式部日記・紫式部日記・更級日記・讃岐典侍日記』小学館
3　増田繁夫（一九八七）『冥き途　評伝　和泉式部』世界思想社
4　久保木寿子（二〇〇〇）『日本の作家　実存を見つめる　和泉式部』新典社
5　谷知子（二〇〇六）『和歌文学の基礎知識』角川学芸出版
6　渡部泰明（二〇二〇）『和歌史　なぜ千年を越えて続いたか』ＫＡＤＯＫＡＷＡ
7　秋山虔、山中裕、池田尚隆、福永武彦校注・訳（一九九五）『新編日本古典文学全集　栄花物語1』小学館
8　大島建彦、渡浩一校注・訳（二〇〇二）『新編日本古典文学全集　室町物語草子集』小学館
9　小島孝之校注・訳（二〇〇一）『新編日本古典文学全集　沙石集』小学館
10　与謝野晶子（二〇〇四）「新訳和泉式部日記」（『鉄幹晶子全集』勉誠出版）
11　与謝野晶子（一九八一）「和泉式部新考」（『定本与謝野晶子全集第12巻』講談社）

2

『更級日記』――謎、物語への憧れと「フツー」の日常の裂け目――

歌に生きた和泉式部に対して、『源氏物語』に魅了され、物語に生きた、菅原孝標女《すがわらのたかすえのむすめ》の、心の軌跡を描いた『更級日記』を取り上げる。『更級日記』は多くの人に共感を与えた親しみやすい文学でありながら、実はその作品世界は単純に割り切れる内容ではなく、問題点をはらんだ「謎」の多い作品であった。少しでも作品世界の核心に迫れるよう、考えていくことにしよう。

『更級日記』、「物語」へのあこがれ

父の任地である都からはるか東方の上総（千葉県中央部）にあって、田舎暮らしの宵のひととき、継母《ままはは》と姉が『源氏物語』の話をするのに耳を傾ける。続きは？　その人は？　話だけでは分からない！　文を全部最初から読みたい！　少

女の心に「物語」の灯火が輝き始める。こんな田舎には『源氏物語』などの貴重な写本は手に入るはずもない。もう、都に行くしかない！ 少女はどうやったら都に行けるか思い詰めて、願いを叶えてくれる自分と同じ背丈の薬師仏を作ってもらう。人のいないときに仏様の部屋に入っては仏様のお力で都に私を連れて行って、あるだけ全部物語を見せてください。身を投げ出して必死に祈り続ける毎日。そのおかげか、十三歳、上京できる！ うれしくて牛車に乗ろうとしてふっと家を振り返ると、立ちこめる霧の中に立っていらっしゃる仏様。あんなにお祈りして願いを叶えてくれた薬師仏様を見捨てて行かなければならないなんてと、悲しく涙が出てしまった。

（上総から都までの紀行文についてはのちほど）

さて、都に着いた彼女はさっそく物語を探し、手に入れて読み耽るが、もっと見たいという気持ちが募る。そんな折、大好きだった継母が、父との間がうまくいかなくなり、去っていく。梅の花が咲く頃に来ますよ、という継母の言葉を頼んで待つが、来ない。「私に期待させておきながら、まだ待たなくてはならないの？ 霜枯れした梅にも春は忘れずにやってきて花を咲かせているのに」継母は心をこめた文を書いて、返しの歌は「やはり期待して待っていてね、梅の木には約束していない意外な人も来るというから」とある。継母はもう来ないのだ。

また、疫病で乳母《めのと》（世話係で実母以上に親しい関係）が亡くなってしまう。そして、書のお手本を作者に下さった侍従の大納言の女《むすめ》（能書家の行成の娘で十五歳）も亡くなったと聞く。いよいよ悲しくて泣くばかりの毎日だった。

そんな心を慰めようと母は物語を探してくれる。『源氏物語』の続きをもっと読みたい。ひたすら『源氏物語』を最初の巻から全て読ませてと、ふだんも、太秦《うずまさ》に参籠《さんろう》（寺社に籠もり念願成就を祈る）したときも、そのことばかり祈る。母から言われ、地方官の妻だったおばの所に行くと、久しぶりに会ってお土産にもらったのは『源氏物語』五十余巻すべて！ その他多くの物語だった。一日中夢中で耽読する歓びは、女性の最高位「后の位」も比べものにならないほど幸福だ。そして年頃になったら容貌もこの上なくよくなり、髪も長くなって（髪の長さが平安美女の要件）、『源氏物語』の夕顔や浮舟のように源氏や薫君に愛されるだろうと夢想していたなんて、今から考えるとなんとたわいなく、あきれるばかりだ。

以上は、高校の教科書に必ず取り上げられ、誰しもになじみの深いところだ。『更級日記』は、このように十三歳の折、父の任地上総で物語にあこがれ上京し、物語を耽読する日々から始まって、ほぼ四十年後、作者の晩年に自己の人生を振り返って書かれた。この末尾の傍線部では、少女のころ物語に夢中になった自分を、四十年後にはつまらないことだったと否定し切っている。

大きな謎である。自分の全てをかけて追い求めた「物語」は作者の人生の原点ともいうべきものなのに、晩年なぜこう切り捨ててしまったのだろうか？

菅原孝標女《すがわらのたかすえのむすめ》をめぐる人々

作者はどんな環境の元にあって、「物語」に向かっていくことになったのか、162ページ系図を参照して、明らかにしよう。

父は右大臣菅原道真の直系四代目の菅原孝標で、道真が失脚してからは政治的な力は失ったが、菅原家は代々「大学頭《だいがくのかみ》」や「文章博士《もんじょうはかせ》」となっている漢文学の家柄であった。しかし、孝標だけは学問的な功績もなく、上総介《かずさのすけ》、常陸介《ひたちのすけ》という遠国の国司になっただけで、常陸介退任後はさっさと隠居を決め込むような凡庸で消極的な人物であったようだ。

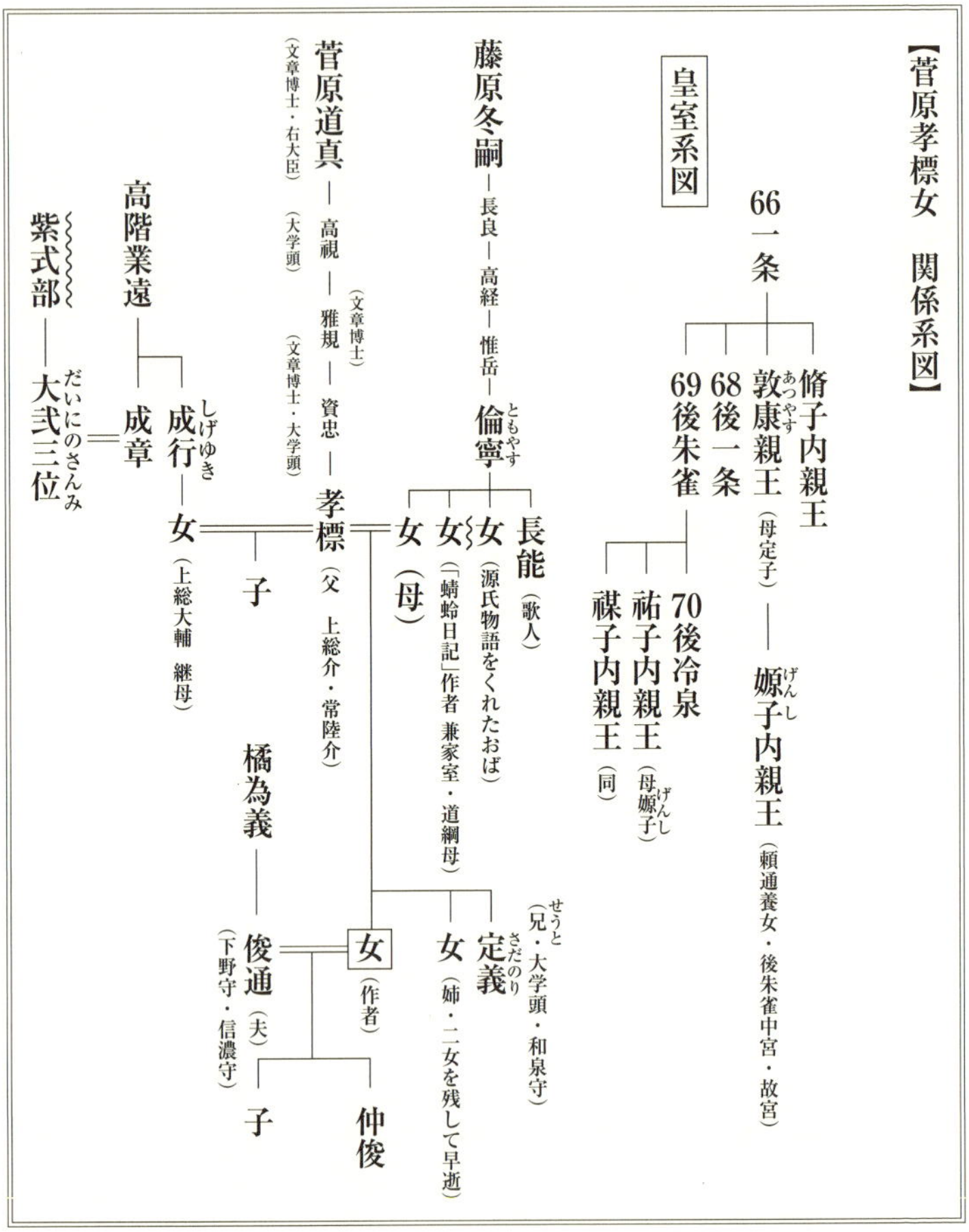
【菅原孝標女　関係系図】
皇室系図
66一条
脩子内親王
敦康《あつやす》親王（母定子）
68後一条
69後朱雀
嫄子《げんし》内親王（頼通養女・後朱雀中宮・故宮）
70後冷泉
祐子内親王（母嫄子《げんし》）
禖子内親王（同）
藤原冬嗣―長良―高経―惟岳―倫寧《ともやす》
長能（歌人）
女（源氏物語をくれたおば）
女（「蜻蛉日記」作者　兼家室・道綱母）
女（母）
菅原道真（文章博士・右大臣）―高視（大学頭）―雅規（文章博士）―資忠（文章博士・大学頭）―孝標（父　上総介・常陸介）
定義《さだのり》（兄《せうと》・大学頭・和泉守）
女（姉・二女を残して早逝）
女（作者）
高階業遠
成行《しげゆき》
成章
女（上総大輔　継母）
子
紫式部―大弐三位《だいにのさんみ》
橘為義―俊通（夫）（下野守・信濃守）
仲俊
子

作者の兄の定義（さだのり）は大学頭、文書博士となって家の学問を復興させている。

母は藤原倫寧《ともやす》女《のむすめ》で、『蜻蛉日記』の作者、藤原道綱母（より四十歳ほど年少）の異母妹であった。作者と道綱母は年齢の開きから直接会うことはなかったが、きっと道綱母の『蜻蛉日記』は読んでいただろうし、両者の冒頭の書き出しに類似した表現が認められるなど、『更級日記』にその影響はあると考えられる。作者は実母について「いみじかりし古代の人」と言う。作者の父である夫が、上総に赴任した際に同行せず京に残っており、引っ込み思案で、遠方の物詣でにも道中の不安から行かず、夫が常陸から帰任した折に早くも出家してしまう。ただし、娘思いのところはあり、作者が物語を読みたがっているときには、手を尽くして探し、作者に与えている。

作者が十歳から十三歳、父の任地に下ったとき一緒に来たのは、帰京後父と離婚し、宮仕えに出て「上総大輔《かずさのたいふ》」と呼ばれた継母であった。この継母は、高階成行《たかしなのしげゆき》の女で、叔父の成章《しげあき》は、紫式部の娘大弐三位《だいにのさんみ》と結婚しており、『源氏物語』と縁の深い人物で、歌人でもあった。多感な少女時代、京の文化の及ぶはずもない東国で過ごした作者にとって、文学に誘い『源氏物語』への憧れを育てさせたのは、この継母だった。継母を作者は心から慕っており、父との離縁後も歌のやりとりをしている。

もう一人、作者を文学へ導いたのは、姉であった。姉は、作者姉妹になついてきたため飼うことになった猫が、実は疫病で亡くなった侍従の大納言の娘の生まれかわりだという夢を見たり、月の明るい夜空を見上げながら「たった今、私が行方知れず飛び失せてしまったらどう?」などと聞いたりする。それは、後に次女を出産後姉が亡くなってしまったことを暗示しているかのようだ。作者とは文学愛を育み合う心の通じるロマンチストであった。姉の遺児である二人の女児を作者が代わりに育てたようだ。老父母の面倒を見たり、姉の遺児を育てていたためか、作者の婚期は遅れてしまうこととなった。

作者は知人のすすめで祐子内親王家に出仕した。残してきた家族が心配で、宮仕えのしきたりやその生活になじまないこともあって、親の希望を受け入れて退いて程もなく、三十三歳ころに橘《たちばなの》俊通《としみち》と結婚したようだ。俊通は作者より六歳年長で、作者と同じく受領階級の出身だから、身分、年齢ともにふさわしい相手であっただろう。下野守《しもつけのかみ》、信濃守《しなののかみ》などになり、五十九歳で没している。夫や家庭生活についてはほとんど記述がないが、二人の間には仲俊とそれ以外に子どもがあったことがわかっている。

もう一人、作者にとって忘れがたい人物として源《みなもとの》資通《すけみち》がいた。彼は祐子内親王家に姪とともに出仕した折にめぐりあった。作者が夢見た物語世界そのままの出会いであり、作者の記憶に甘いひとときの思い出として大切に残されている。後にふれることにする。

「物語」へのあこがれからその後の人生

「物語」のあこがれを否定するに至る経緯を、その後の人生を知ることで明らかにしてみよう。

姉が二人の女児を残して死去し、作者が母親代わりに姉の遺児たちを育てることになる。なんとか常陸の国守になった父も引退し、母は出家するなど、一家の主婦として家族を支えるうち、三十歳過ぎてしまった。知人の勧めで祐子内親王家に出仕するが、家族は引き留めるし、なじみのない宮勤めに家のことが心配になり、出仕をやめてしまった。そして、どうやら親が作者を橘俊通と結婚させることで、家に縛り付けてしまったらしい。なんとなく婚期を逸し、夢見る乙女からいきなり平凡な結婚生活に入り、その落胆は著しい。

夫が「下野守」として赴任中、作者は同行していない。その間、強く誘われて、姪とともに祐子内親王家に再び出仕する。その折に出会ったのが源資通《みなもとのすけみち》で、春秋の趣を語りあい、その後の淡い関わりが日記に詳細に語られている。それもほんの一時の夢のようで、そののちは、夫の出世や子ども達の成長を願い、物詣でにいそしみ、堅実な主婦としての生活がうかがえる。

晩年、夫が信濃守となり、子の仲俊とともに下っていくが、翌年四月に夫は帰京し、九月には病を得て、十月に亡くなってしまった。頼りとしていた夫を失って、限りなく悲嘆し、このような運命に遭うのは、時々に神仏への信仰心が薄かったためだと思い、後悔する。

夫亡き後、孤独に暮らす作者の元に久しぶりに甥が訪ねてきて、作者はこう歌に詠む。

「月も出でで闇にくれたる姨捨《おばすて》になにとて今宵たづね来つらむ」（月も出ないで闇夜のように一人悲しく暮らす老いた私のもとに、どうして今晩訪ねてくれたのですか。）作者の夫の最後の赴任地信濃にある姨捨山は、「口減らし」のために年取った老母を山に担いでいき捨てるという風習があったと伝承される山である。この山は「更級山」とも呼ばれ、作者の孤老の境遇を擬している。この歌が『更級日記』という書名の由来になっている。こうして夫の死後、ひとりわびしく暮らす様が描かれ、この日記は幕を閉じる。

十三歳の少女が物語に憧れて上京し、その後平凡な結婚に失望しつつも、堅実に生活し、老いた作者が、信仰を頼りに過ごしたその四十年の月日を振り返ったものが、『更級日記』ということになる。

次に示す『更級日記』年表にまとめた。

『更級日記』年表

年（作者年齢）	事柄	参考事項・夢①～⑪	時期
一〇〇八（1）	作者誕生・父菅原孝標（36）	源氏物語ほぼ完成か	
一〇一八（11）～	上総で物語憧憬、等身の薬師仏に祈る	紀行文（竹柴寺・足柄の遊女）	
一〇二〇（13）	九月三日　上京の旅 十二月二日　着京。継母、父と離別	①僧の「法華経五の巻をとく習へ」と言う夢（女人成仏）。無視	
一〇二一（14）	継母と歌の交換 疫病流行。三月乳母・大納言行成女死去	将来は夕顔・浮舟のように ②物語に夢中の作者に「天照大神を念じませ」という夢。無視	
一〇二二（15）	おばより源氏物語五十四巻、他物語をもらい耽読		←物語へのあこがれ
一〇二三（16）	五月　猫がやってきて姉と飼う	③姉の夢。猫は行成女の生まれかわり	
一〇二四（17）	七月　月夜に姉と語る（荻の葉の歌）		
	四月　火事のため猫焼死		
一〇二五（18）	五月　姉が子を産んで死去。以降遺児を左右に寝かせて子を育てる。		
	父の任官かなわず。		←姪の子育て
年次不詳	父に代わって継母が上総大輔と父の官		

	名で仕えていることを抗議 仏道修行に関心なく、浮舟に憧れる	
一〇三二（25）	父が遠国、常陸に任官。父の嘆き。	
年次不詳	母に伴い清水寺参籠④ 母が一尺の鏡を鋳させ初瀬（長谷寺）の僧に託し、夢告げをさせる。⑤「天照大神を念じ申せ」と言われる。	④つまらぬことに夢中であることを僧に叱られる夢。 ⑤僧の夢、鏡の一面は泣き嘆いている姿、もう一面は華やかな宮中の様子
一〇三六（29）	秋、父帰京。父隠居、母出家。作者は一家の主婦となる。	（明暗二面）
一〇三九（32）	十一月勧めで祐子内親王家に一日出仕。十二月に十日ほど出仕。	⑥前世は清水寺の僧で仏師であったという夢
一〇四〇（33）	宮仕えをやめ、親に結婚させられる。 実直な生活の日々。	夫橘俊通（39） 光源氏の存在、薫が宇治に浮舟を隠し置いたことは現実にあり得ないと昔の自分を悔いる。
一〇四一（34）	姪とともに時折宮に出仕。	
一〇四二（35）	宮中の博士命婦に案内され宮中の内侍所に参拝する。 不断経の夜、資通と春秋の趣について語り合う。	資通（38）に淡い恋心
一〇四三（36）	八月　宮のお供で内裏に参り、	

老父母の世話	出仕	現実に落胆・結婚

年（年齢）	出来事	夢	
一〇四四（37）	資通にわずかに対面する。 資通、琵琶を聞かせようと来たが、人目が多く対面できず。		淡い恋
一〇四五（38）	石山寺参籠。我が子の養育、現世来世の豊かさを願う。	⑦中堂より香を賜った夢。よい夢と思い、修行を続ける。	物詣で（現世利益）
一〇四六（39）	大嘗会の御禊の日、京を出発し、山辺《やまのべ》の寺に宿る。 初瀬（長谷寺）に参る。三日参籠。	⑧途中の山辺の寺で「博士命婦をたのめ」という夢。宇治を通り、浮舟を思う ⑨初瀬で稲荷の杉を賜る夢	
年次不詳	鞍馬参籠。石山参籠。 満足した生活。子の将来、夫の出世を願う。旧友と歌の贈答。 夫婦仲思わしくなく、太秦《うずまさ》参籠。 和泉（兄定義赴任先）に下る。	⑩筑紫に下った友と思い出の夢	
一〇五五（48）	病重く、子の将来・夫の任官を願う。 十月十三日夜　阿弥陀来迎の夢をみる	⑪阿弥陀来迎の夢。後、この夢を便りとして生きる。	
一〇五七（50）	夫信濃に任官、子仲俊を伴って下る。		夫の死
一〇五八（51）	四月　夫上洛。九月より病みつき、 十月五日死去。（夫57）	夫の死に悲嘆極まりない。 ⑤の鏡悲しい面が現実になる。	

年次不詳	ある夜、甥の来訪。姨捨の歌を詠む。昔の知人との歌の贈答。	①②④⑧⑨の夢で信仰心の不足からきた結果と嘆く。老いの孤独を詠む。	老の孤独

作者があこがれた「物語」の本質

作者が生まれたのは一〇〇八年、『源氏物語』がほぼ完成した時期だと見られている。都で作者が『源氏物語』を全巻読み通した頃は、『源氏物語』の成立から十数年経過しており、『更級日記』は『源氏物語』がいかに享受されたかを知る貴重な資料となっている。作者が、日記の中で『源氏物語』の登場人物の中であこがれの対象として取り上げたのは、夕顔と浮舟であった。多くの個性的で魅力ある女性が登場する中、ヒロインの紫の上でなくなぜ夕顔と浮舟なのだろうか。二人の人物像をまとめてみよう。

夕顔は源氏の親友頭《とう》中将がかつて愛した女性で、中将の妻の嫉妬を恐れて姿を隠してしまったが、源氏が乳母の見舞いに訪れた際に、偶然見いだされた。そのおっとりした愛らしさに惹かれ、源氏が河原の院（源融《みなもとのとおる》の旧居）に夕顔を連れて一夜を過ごしたとき、夜中に物の怪（六条御息所《みやすどころ》の生き霊か？）にとりつかれて、あっけなく死んでしまう。

浮舟は、『源氏物語』の後半「宇治十帖」に登場するヒロインである。源氏の子、薫（実は源氏の最後の妻女三の宮と柏木の間の不倫の子）は、宇治の八の宮（源氏の異母弟）の娘、大君《おおいきみ》（長女）に惹かれるが、その大君は亡くなってしまう。妹の中の君（次女）からそっくりだと聞き、大君、中の君の異母妹に当たる浮舟を探し、薫は宇治にかくまった。源氏の孫の匂宮《におうのみや》は薫に対する対抗心もあって、浮舟の所在をつきとめ、薫の振りをして浮舟の元に忍び込み、関係を持ってしまう。浮舟は、誠実な薫に申し訳なく思うものの、匂宮の激しい愛の炎の虜《とりこ》となってしまう。匂宮との関係に気づいた薫は、警備を厳重にし、浮舟を京に呼び寄せる手立てを講じる。一方、匂宮も薫よりも早く浮舟を都に迎えようと考えている。二人の間で身動きができなくなった浮舟は、宇治川に身を投げる決意をする。浮舟は意識を失って倒れているところを、横川《よかわ》の僧都《そうず》に発見され、聞き知った薫が浮舟の弟小君を使いによこすが、浮舟は出家の決意を固くし、面会を拒絶する。（浮舟については、後に第Ⅲ章4で詳しく取り上げる）

夕顔、浮舟の共通点は、ともに中流あるいはそれ以下の身分でありながら、高貴な源氏や薫、匂宮に愛されたことだ。作者の出身は中流の受領《ずりょう》（国司）階級であるから、身分的に近い。中流でも最も尊貴な男性に愛されうること、幼い夢想ではあるが、理想の結婚として実現の可能性を夕顔や浮舟に見ていたと言えるだろう。

次に夕顔は死に、浮舟は二人の貴人に愛され投身自殺を図る、という悲劇性があげられる。現実の苦悩もまだ分からぬ少女の頃の作者にとって、この悲劇こそがドラマチックで胸をときめかせたのだろう。

作者が物語に惹かれる、その最も根幹にあるのは、日常を離れた物語の持つ「ドラマ性」にあるのだ。

作者が浮舟の名前をあげているところは四カ所あり、浮舟に特に惹かれていたことがわかる。（『更級日記』年表に浮舟と表示）浮舟の義父は常陸介《ひたちのすけ》で、作者の父も最後の赴任先は常陸であり、上総で育った作者が東国の出身ということもあり、親近感を感じさせたであろう。最初は、上総から上京後、『源氏物語』全巻を手にし、「后の位も何にかはせむ」と物語を読む最高の幸せを表明したときに、「さかりにならば、かたちもかぎりなくよく、髪もいみじく長くなりなむ。光の源氏の夕顔、宇治の大将の浮舟の女君のやうにこそあらめ」とある。二番目には「かたち有様、物語にある光源氏などのやうにおはせむ人を、年に一たびにても、通はしたてまつりて、浮舟の女君のやうに、山里にかくし据ゑられて、花、紅葉、月、雪をながめて、いと心ぼそげにて、めでたからむ御文などを、時々待ち見などこそせめ」と思い続けたとある。三番目は、現実に結婚して「光源氏のような人は現実にいないし、薫が浮舟を宇治に隠し置くようなこともない」（原文は179頁参照）と物語の夢が一挙に消え去るところだ。四番目は、結婚後すでに「物語」に憧れた自分をつまらないことだったと反省した後も、初瀬詣での折、宇治の渡し場で「浮舟の女君の、かかる所にやありけむなど、まづ思ひ出らる」とあり、浮舟に対する思慕の情は引き続いていて、日記全体の中に間隔を持って配置されていることがわかる。犬養廉氏は、この浮舟の記述を軸に日記を組み立てていると指摘している（参考文献2）。この浮舟の記述の配置には、作者の意図が隠されているのではないか。後に、考えてみたい。

謎　作者は物語作者だったのか？

現存する『更級日記』は、唯一藤原定家の写本（定家本）を元にしている。その末尾に、こうある。

ひたちのかみすがはらのたかすゑのむすめの日記也
傅《ふ》のとの（藤原道綱）のははうへのめひ也　よはのねざめ、みつのはまつ
みづからくゆる、あさくらなどはこの日記の人のつくられたるとぞ
母倫寧朝臣女

定家は、作者が、現存する『夜半の寝覚』『浜松中納言物語』、散逸してしまった『みづからくゆる』『あさくら』などの物語作者だった、と言っている。ただし、「とぞ」（ということだ）とあるのは、百数十年も経過して写本している定家にとっても聞き書きの事項であったということだ。『浜松中納言』と『夜半の寝覚』が『更級日記』と同作者によるかという謎については、古くから研究されてきている。研究成果を簡単に紹介してみよう。

石純姫氏の研究によって、文の長さ、各品詞の使用数について統計的手法を使って分析した結果『夜の寝覚』『浜松中納言物語』『更級日記』は際立ってほぼ一致した傾向が示されたことを紹介している。ただし、『更級日記』、『和泉式部日記』にも「高い相関」が見られるなど、確定するには問題もあるがこの数量的分

析からはこの両物語を孝標女の作品と見なすことを否定できないとしている。
（参考文献3「物語作者としての孝標女」堀内秀晃）

作者が『源氏物語』を読み耽る幸福を「后の位も何にかはせむ」と言っているが、この表現が『夜半の寝覚め』『浜松中納言物語』にみられること、その他、表現の類似、作品の構想等に見られるに共通点を具体的にあげ、同一作者であったことは否定できないとしている。
（参考文献6）

以上から、「后の位も何にかはせむ」と女性の最高位「后の位」より物語を読む喜びの大きさを言い放ったほど「物語」を熱愛し、『源氏物語』の文を暗記してしまうほどの打ち込みようなら、物語作者であったという定家の伝承は、信じてよいと思われる。実際、彼女はかなりの物語を書き残していたと考えたい。

作者が物語作者であったなら、いつ書き、物語作者であったことを『更級日記』に書かなかったのはなぜか？　という質問を栗原文夫氏より受けた。津本信博氏は、孝標女が物語を書いたのは紫式部と同じく夫の亡き後の作者の晩年で、日記の現実生活の記述は虚構で、実生活ではあくまでも源氏物語信仰を貫いたと考えている（参考文献5）。作品の筆致はあくまでも率直で、ありのままの思いを述べていると感じられるので、そうでないだろう。物語作者であったのは憧れを持っていた結婚以前で、物語と現実の落差に失望してからは、現実に生きようと姿勢を転換したので、物語作者であったことを明かすこともなかったのではないか。具体的な確証はないわけだから、想像の域を出ない。深い謎である。

紀行文の「竹芝伝説」、浪漫物語

上総から都までの紀行文は『更級日記』全体の六分の一に当たる。作者はこの日記を五十歳過ぎの晩年、旅から四十年近く経ってから書いているのに、地名など思い違いや順番に違いがあるものの、詳細に描写されているのは「謎」である。多分少女の頃、なにがしかの形で記述していたのだろう。彼女はそこで魅力的な説話について熱を込めて語っている。作者の精神を探る上で大切なことなので、紹介することにしよう。

昔、東国から国司の命で朝廷に差し向けられて仕えていた衛士《えじ》（宮中の番人）がいた。庭を掃くときに、「どうしてこんなひどい目にあうのか。ふるさとではたくさんの酒壺に渡した瓢箪（を半分に割った）の柄杓《ひしゃく》の柄《え》が、風に応じてあっち向き、こっち向きするのも見られず、つらい勤めの毎日じゃ」とつぶやいていたのを、大切にされていた帝の娘が聞いていた。どんなひょうたんの柄杓がどうなびくのか見たくなって、「私をお前の家に連れて行って見せておくれ」と言うので、男は追っ手を防ぐため勢田の橋を壊して、七日七晩皇女を背負って走り続け、武蔵国に着いた。

帝や后は皇女がいなくなり、動転して探したところ、武蔵から来た衛士が香ばしい物を首に引っかけて飛ぶように逃げていったと聞いて、勢田の橋が通れなくなっていたのに難渋し、三ヶ月後に捜索の使いは武蔵国に行き着き、皇女を訪ねて行った。使いを呼んで皇女は言った。「この男のいう家がどんなだか見たくて、連れて行けと言ってここにやってきた。この男を罰したら、私にどうなれと言うのか。ここに住むことになったのは宿命があったからだ。早く帰って帝にその旨を申し上げよ。」こう言うので、仕方なく使いは都に戻って帝に報告した。帝は、皇女を取り返すことはできないと考え、武蔵の男に国を預けるという宣旨を下した。男が内裏のように家を作って皇女を住まわせたが、皇女が亡くなったので、寺にした。それを竹芝寺という。

東国は都から遙か彼方の鄙《ひな》（田舎）の地で、洗練された文化から隔絶した土地であったろう。皇女は武蔵から来た衛士の素朴なつぶやきの歌に心打たれ、見たいから連れて行けという。なんとあどけなく純粋な願いか。男は、皇女の願いを必死に叶えるべく、背負って走る。皇女は都への帰還を拒み、東国に住む決意を表明する。この伝説は、身分や土地の尊卑も問題にしない、純粋にして心打つ「物語」である。作者は四十年以上前に多感な心で受けとめたこの話を、その当時の気持ちのままにみずみずしくよみがえらせている。東国で暮らした作者が、その素朴な風土を思慕する思いも伝わる。檀一雄はこの竹芝伝説に取材して「光る道」という小品を書いている。（参考文献10）

もう一つ、少女の旅愁をかき立てたのは、宿を訪れて、歌を歌い舞う遊女の姿だった。

（足柄山の宿で出会った遊女たちは色白でこぎれいで、声美しく空に澄み昇るようにすばらしく歌う。）声さへ似るものなくうたひて、さばかりおそろしげなる山中にたちて行くを、人々あかず思ひてみな泣くを、幼き心地には、ましてこのやどりをたたむことさへあかずおぼゆ。

（『更級日記』）

貴族とはかけ離れた遊女の身分ながら、姿も清らかで、山中をさすらい歩き美しく歌を歌って聞かす様を見て、感銘を受ける。恐ろしい山中に向かって行くのを、一行の人々は名残惜しく思い涙を流して見送った。作者は少女心にしみじみ心打たれて、この宿を立ち去りがたく思われた、という。

竹芝伝説とこの足柄山の遊女のエピソードは『更級日記』の紀行文中最も精細にして感情豊かに語られている。ここからは作者の浪漫精神がにじみ出ている。

謎　現実の生活者か、浪漫の人か？

少女時代の夢は、結婚を機に一挙に崩れてしまうのだが、夫橘俊通との生活はいかがなものであったのだろうか。作者が結婚した直後の思いを述べた文を引用してみよう。

光源氏ばかりの人はこの世におはしけりやは。薫の大将の宇治にかくし据ゑたまふべきもなき世なり。あなものぐるほし、いかによしなかりける心なり

（『更級日記』）

源氏や薫のような貴公子と結婚できると夢想し続けたことに対して、なんと気違いじみた実現不可能なことを考えていたのかと言い、物語にうつつを抜かしていた自己を激しい語気で責めている。現実の結婚は二十年にわたって思い描いていた「憧れの結婚」の夢を、あっという間に地上にたたきつけて破壊してしまった。身分も、ルックスも、人間性も、どこも「フツー」の夫で、光源氏や、薫君を夫にと思い描き、夢見ていた自分は馬鹿だったと痛感する。

こんな痛烈な反省をさせた夫とは、作者にとってどのような存在だったのだろうか。日記中に夫に対する記述は極端に少ない。作者が、大嘗会《だいじょうえ》の御禊《ごけい》（天皇が即位して初めての新穀を神に捧げる儀式のために身を浄める儀式）の時に初瀬（長谷寺）に参籠しようとしたことを周囲に反対されたとき、「ちごどもの親なる人は、『いかにもいかにも、心にこそあらめ』」（どうとでも思うままになさい）と理解を示したとある。また、「たのむ人のよろこび」と記述されているのが二カ所で、ともに夫の任官と出世を待ち望む気持ちを表している。最後は夫の死の記述で、「九月二十五日よりわづらひ出でて、十月五日に夢のやうに見ないて（看取って）、思ふ心地、世の中にまたたぐひあることともおぼえず」とあり、夫の死は比類のない悲しみであったと記されている。関根慶子氏は、「夫婦仲は平凡ながら無事に過ごして、作者はその現実の家庭生活に望みを託すようになっていた」（参考文献1）と見ている。一方、犬養廉氏（参考文献2）は夫の俊通は歌集に歌を残していないことから、二人の間に交わされた歌がなく「折々の風情を頒《わか》ち合う一首の贈答もなかったのだろうか」と考え、「不和ではないまでも、共感に乏しい二人の生活の実態が想像される」と述べている。物語や歌を愛した作者にとって、夫はその点では著しく物足りない存在ではあったろう。さてどう考えたらよいのか。思い当たる文をあげてみよう。

幸福な家庭はどれも互いに似かよっているが、不幸な家庭は色とりどりに不幸である。

（アンナ・カレーニナ）（参考文献9）

結婚は手堅い人を選びしと五十年目に妻は言ひける　　静岡市　西垣譲

（二〇二三年八月二十七日朝日歌壇）

最初の有名なトルストイの名言は、幸福な家庭はどれも「フツー」で同じ。不幸な家庭はそれぞれ固有に不幸で、それはドラマティックだと言っている。作者は結婚後、物語に夢中になっていたことを反省し、「今はひとへに豊かなる勢ひになりて、ふたばの人をも、思ふさまにかしづきおほしたて、わが身も三倉の山につみ余るばかりにて、後の世までのことをも思はん」と、子どもの養育を成し遂げ、生涯裕福で極楽往生できるようにと物詣でに勤しむことになる。結婚生活を具体的に想像しうるのはこの文くらいである。

朝日歌壇の歌も、結婚の日常性、手堅さ、堅実さを示しているだろう。そこにはドラマはなく、「フツー」の日常があるだけだ。残念ながら夢や浪漫は少ない。作者と夫俊通の生活も同じようだったと想像される。

それなら、作者の伯母である藤原道綱母の『蜻蛉日記』には、なぜ夫（藤原兼家・道長の父で摂政関白）との夫婦生活を詳細如実に書き表しているのか。それは、不幸だからだ。道綱母が、夫兼家に目をかけてもらいたいと切望する思いを、こととも せず平然と無視し、女達を渡り歩く兼家の無神経な態度、それが一つ一つ道綱母を不幸に追いやる。だから、ドラマができ、やるせない思いから歌が生まれる。

前回取り上げた「和泉式部日記」は、敦道親王との恋が成就するまでの、ある意味揺れ動く二人の気持ちを歌の往還というかたちでまとめたもので、二人が生活を共にするところで、ふいに途切れてしまう。敦道親王が亡くなると、和泉は痛切な挽歌を多く作っている。幸福なときは平板で、ドラマつまり「物語」はできないのだ。夫俊通は地道な生活を共にする人としては問題なく、子どもに恵まれ、経済的にも余裕のある結婚生活を送ったのだろうと思える。特段書くに値しないので、書かなかっただけなのではないか。

ロマンチックがお好き

それでは結婚後、作者は完全に日常に徹した「家の人」（犬養氏の語。参考文献2）になりおおせたのだろうか。

作者が筆を割いて熱を込めて語っているところに注目してみよう。まず第一に、先にあげた紀行文の「竹芝伝説」「足柄山の遊女の記述」、この二つは浪漫性を湛《たた》えていることは紹介済みである。これは結婚前の、乙女チックな感性で捉えたことを回想しているので当然ながら、晩年四十年ほど経ってもそのみずみずしさは変わっていないところは注意すべきだろう。そして、物語へのあこがれ、『源氏物語』に夢中になるところも少女の気持ちの高まりのまま表現されている。

結婚後の記述で最も筆を割いているのは、祐子内親王の元に姪とともに再び出仕したときに巡り会った、源資通《みなもとのすけみち》との交流である。

資通は宇多天皇の子孫で、十六歳で既に蔵人となり、出世の道を進み続けた理想的な公卿《くぎょう》で当時三十八歳であった。資通は、琵琶、和琴、笛の名手として知られ、歌人でもあり、『後拾遺集』以下に四首入集しており、歌人相模《さがみ》との交渉もあった。時雨の降る不断経の夜、朋友の女房二人と話していたところに、作者たちに語りかけてくる。話は春秋の趣はどちらが勝るかという話題になり、友が秋の風情を推したのに対し、作者と資通は次のように歌を交換する。

あさみどり花もひとつに霞みつつおぼろに見ゆる春の夜の月

（浅緑色に染まる空とあふれるように咲く花が霞に溶け込み、ぼうっとほんのり見える春の夜の月、それにこそ私は心惹かれます。）　※『新古今和歌集』所収

今宵より後の命のもしあらばさは春の夜をかたみと思はむ

（今宵から先命がありましたら、春の夜の歌をあなたとお目にかかった思い出としましょう）

資通の態度はいやらしいところがない。純粋に春秋の趣について語り合った後、心に残った初冬の夜の思い出を語る。洗練された美の感性を持った人物で、作者がこれまで出会ったことのない、まるで「物語」の中の貴人のようであった。琵琶を聞かせたいという資通とは再会を望みながら、その後めぐり会うこともなく、夢のように終わってしまった。資通との関わりは（年表 資通 の表示参照）作者の「フツー」の人生の中で、唯一浪漫の香りのする「物語」的な出会いであった。だからこそ、現実に埋もれてしまう日常の中、書き残すべき鮮やかな思い出として語られているのだ。彼女の浪漫精神は日常の砂地に埋もれることなく、時折鮮やかに顔を出す。

女性の「日常」を「物語」によって克服するチョリータ

作者は、夢見た「物語」の浪漫性と、フツーの日常との間にある激しい亀裂に、深く切り裂かれているように思える。実際、現代でもこのような裂け目は女性の中には引き継がれて存在しているのではないか。浪漫と現実の相克に立ち向かった女性達の例を挙げて考えてみよう。

NHKの「BS世界のドキュメンタリー」という番組で、二〇一九年南米最高峰六九六二メートルのアコンカグアに登頂を目指し、五人の女性たちが挑戦した姿が紹介された。彼女たちはボリビア先住民アイマラで、女性であること、先住民であることで二重の差別を受けていた。先住民女性の権利運動に取り組んでいる彼女たちは「チョリータ」といい、女人禁制のアコンカグアに登頂するため、資金を稼ぎ、入山の許可を働きかけ、諦めずにこつこつ準備をしてきた。とにかく驚かされたのは、彼女たちの登山スタイルが伝統衣装の「ポリェラ」というプリーツスカートをはき、南米の手織り縞の大風呂敷の中に荷物を包み、背中に斜め掛けに結んでいる。風がふけばスカートがふわふわ波立ち、邪魔でしかなく、風呂敷包みの荷物もリュックと違って心許なく、登山の機能性からは最も遠いスタイルであることだ。三年後二〇二二年十月二十三日に再登頂を果たしたセシリアは語る。

「女性の強さや勇敢さを自分の服で登頂を成し遂げられることによって示したかった」と。

次の目標は世界最高峰エベレスト登頂ということだ。

わたしは誰の役にも立たない。ただの田舎者だと思ってきた。教育も受けていないし、何の取り柄もない。でも、誰かの役に立つ日がいつか訪れるといつも言い聞かせてきた。まるで夢みたい。「わたしは強いんだ」。親に捨てられ、ひとりで生きてきた私が南米最高峰のアコンカグアに向き合っているんだもの。いつか年を取って人生を振り返るとき、思い出すのは、台所や誰かのための荷物運びじゃない。今日このときを思い出すわ。わたしたちチョリータの手が空に届いた日のことを。

（エレナ二十一歳・主婦、山岳ガイドの夫の荷物運び）

ついに登頂を果たしたのは五人中二人であった。その一人、エレナの言葉の意味は深く、強い。女たちを待ち受けるのは、家事や育児に閉ざされた日常との格闘だ。だが、そこにとどまらず、南米最高峰の山に登頂を果たすという「夢」をかなえるという一つの「物語」を作り、日常からの脱出をはかり、彼女がだれのものでもなく自分自身であることを示そうとする。日常と対極にあり、実現不可能に見える登頂の夢を、わざわざ最も不利な日常の姿で成し遂げようとする。なんとも驚異的でしかも自己矛盾とも思える挑戦ではないか！

チョリータたちの、現実から引き裂かれた夢を、実現しようとする思いの深さ、強い姿を見て深く共感し勇気づけられるとともに、ふっと振り返って『更級日記』をみると、作品を考えるヒントになるのではないか。作者の、「フツー」の現実と、生涯失わなかった

「物語」の夢との亀裂の謎を解くことができるのではないか。

現実と物語の亀裂を縫い合わせる「夢」の記述

日記中には十一の夢の記述がある。この夢に焦点を当てて考えてみよう。167～170頁の年表を参照し、下段の参考事項・夢①～⑪をみてみよう。③は作者の姉の夢、⑩はかつての同僚との夢で、作者の浪漫精神がうかがえるところではあるが、作者の人生とは直接関わりがないのでここでは除く。夢の性格から五つに分類してみた。

a 信仰に関わる夢のうち、「天照大神」「内侍所《ないしどころ》参拝」に関わる夢 ②⑧
b 信仰に関わる夢のうち、物語を耽読する作者に反省を促す夢 ①②④
c 信仰に関わる夢のうち、仏の功徳の表れと考えられる夢 ⑥⑦⑨
　⑥作者の前世は仏師、⑦本堂より御香を賜る、⑨稲荷の杉を賜る
d 鏡両面に映った幸不幸、作者の未来を予見する夢 ⑤
e 阿弥陀来迎の夢 ⑪

この中で、a「天照大神」の夢については、夢の記述以外にも、同様の内容が二カ所あり（年表上段）、年表に傍線を付した。作者は宮仕えに気が進まず、宮家に出仕することも少なかったわけだが、実は「人の御乳母して、内裏《うち》わたりにあり、みかど、后の御かげにかくるべきさまをのみ、夢ときも合わせしかども」（高貴な方の乳母となって、帝や后の御庇護を受けることができる身となると夢を解いてきた）と末尾近くで言っている。当時中流貴族の女性の地位として最も重んじられたのは貴人の乳母になることで、『枕草子』の「うらやましげなるもの」の中にも「内（天皇）、春宮《とうぐう》（皇太子）の御乳母」とある。作者もその望みを持っていたことが分かる。しかし、夫の死後思うようにならなかった人生について、やはり「乳母」になり社会的に自己実現を果たすことは「一つかなはでやみぬ」となってしまった、と嘆いている。作者が宮仕えを通じて、貴人の乳母となり栄えるという夢も持ち合わせていたことが、この「天照大神」の夢や記述を日記に織り込んでいることでわかる。

信仰に関わる夢は、結婚後の⑦以前は、夢でくだらないこと（物語）に夢中になることをとがめられても、全く意に介さず無視してきたが、⑦以降は夫の出世や富や子どもの将来という「現世利益」のために物詣でをし、夢のお告げに素直に従うようになる。

夢として最後に記述されているのが十一番目の阿弥陀来迎のeの夢で、「天喜三年十月十三日」と月日を明示している点は他の夢と大きく異なる。作者の夫が亡くなる二年前になるが、日記では夫の死後の記述の後に置かれており、あたかも信仰の頂点として得られた夢のようになっている。ここにも作者が夢の記述を再構成して配置している形跡が見られる。

母が鏡を初瀬（長谷寺）に奉納し、作者の将来を僧に夢解きをさせたdの夢は、作品で大きな働きをしている。僧の夢に、一面は倒れ伏してさめざめ悲しく嘆く作者の姿、もう一面は高貴なところで華やかに幸福に暮らす作者の姿が、奉納した鏡に映し出された。その時はなんとも思わなかったが、夫が亡くなり、悲しみに鎖された晩年にこの夢を思い出し、不幸を暗示した鏡の方に自分の運命があったと思い知る。そして、乳母となって宮仕えの栄華を極めることもできず、人生がすべて思いのままにならず、夫の死、家族の離散、取り残されたわびしいわが身の運命は、あの時鏡に既に予見されていたことだった、と意味づけている。また、この不幸をもたらしたのは、①②④では物語耽読で信仰を見向きもしなかったし、⑧⑨では信仰の不徹底からきたためだと因果を明らかにしている。

また、①の「女人成仏」の夢は⑪の「阿弥陀来迎」の夢につながる。実際に作者が見た夢の記録ではなく、作者の実人生をもとにしながらも、この十一の夢の配置によって、効果的に作者の人生の有り様を捉え直したもので、一つの「虚構」の世界を作り上げているのだ。

作者の人生は、結婚によって知った現実と、「物語」世界の夢との間には、大きな亀裂がある。しかし、作者が心ひかれるのは、平凡な現実生活を知った後も、やはり浪漫のかおる「物語」であった。自分の人生を晩年に振り返って見たとき、書き表したいことは、物語へのあこがれ、上京の際に東国で聞いた「竹芝伝説」、目にした「足柄の遊女達」、結婚後に出会った貴公子資通との美しい思い出であった。平凡な現実と「物語」世界の大きな亀裂を縫い合わせる糸として使われたのが「信仰」であった。彼女は夢の記述を要所要所に散りばめ、その夢のポイントを信仰の糸で縫い合わせていく。夢により構成し直し、自己の「フツー」の人生を虚構化して、一つの「物語」に仕立て上げたのが、『更級日記』なのだ。作者の作品と言われている『浜松中納言物語』も「夢」を基軸として、転生によって展開する物語であるのだから、自己の人生を総まとめした『更級日記』は、夢を虚構として配置し再構成した「物語」になっているのだ。

『更級日記』の伝えるもの

テレビのヒーローたち、童話のお姫様、スポーツ選手、幼いころやたらに夢中になってきたものに、生育し現実を知るに及び、なあんだ！　あれは夢にすぎなかったと目覚めると同時にがっかりする。だれしもよく経験する感情だろう。「物語」を夢見、現実に直面し失望し、平凡な日常の中に自然とその憧れを忘れて流し入れ、日常の顔をして生きていく。「青春」と呼ばれ美化される日々も、その一面は、大きな漠然とした夢が、素質や力不足、実現の不可能性から、あえなくしぼんでいく過程でもあるだろう。手の中に確実に残ったものは、はっきりした形ながらも日常生活となる。

『更級日記』には、作者が物語世界に夢中になり、三十過ぎまでその憧れを持ち続け、思い描いていた生活と夢が、現実の結婚によって打ち砕かれたときの失望が素直な筆致で書かれている。その文章には、親しみと共感を覚える。

僅《わず》かに読んだものの中では、「更級日記」などがずいぶん好きです。理由と云っても別にありませんが、彼女の小さな夢を彼女なりに切実に生きたらしい、この「更級日記」の作者などが、何となく僕には血縁のあるような気がするからです。

（堀辰雄「更級日記など――日本の古典に就いての若干の問に答えて――」）

女性は産む性であるがゆえに、社会から遠ざけられ、家事と育児と老親の世話という生活に閉ざされがちである。作者にとって日記を著すことは、「主体的に生きられなかった当時の女性としては、それが精一杯の自己主張だったということ」（参考文献8津島佑子）だ。チョリータのエレナの言葉、「年を取って思い出すのは、家事や下働きではなく、アコンカグアに登頂したこと」という言葉が意味することは何か。目覚めた女性にとって、生活に埋没せず、自己の存在の確証として憧れを貫く、一つの『物語』が必要なのだ。

「男女共同参画社会基本法」が一九九九年に施行されながら、日本では家事、育児に従事する時間は女性が男性を大幅に上回り（二〇二一年の調査では男性の三・九倍！）、女性の管理職や政治への参加も進まない。二〇二三年のジェンダーギャップ指数が日本は一四六カ国中一二五位と過去最低となった。なぜ、日本では男女平等が進まないのか。

女性の労働力や発想力が生かされ、生活の他に女性たちがそれぞれの「物語」を持ち、自己が発揮される社会が真に望まれる。

※本文の引用は、参考文献2『新編日本古典文学全集』（小学館）によった。現代語訳・要約は筆者による。

参考文献

1　関根慶子訳（二〇一五）『新版　更級日記　全訳注』講談社
2　藤岡忠美、中野幸一、犬養廉、石井文夫校注・訳（一九九四）『新編日本古典文学全集　和泉式部日記・紫式部日記・更級日記・讃岐典侍日記』小学館
3　石原昭平・津本信博・西沢正史編（一九九〇）『女流日記文学講座第4巻　更級日記・讃岐典侍日記・成尋阿闍梨母集』勉誠社
4　堀辰雄（一九六四）「姨捨」「更級日記など」（谷崎潤一郎ほか編『日本の文学42　堀辰雄』中央公論社）
5　秋山虔校注（一九八〇）『新潮日本古典集成　更級日記』新潮社
6　津本信博（一九八六）『日本の作家　更級日記作者　菅原孝標女』新典社
7　西田禎元（一九八二）『更級日記研究序説』教育出版センター
8　三角洋一・津島佑子（一九九一）『新潮古典文学アルバム6　蜻蛉日記・更級日記・和泉式部日記』新潮社
9　小沼文彦（一九九三）『人生の知恵　トルストイの言葉』彌生書房
10　坂口安吾・檀一雄・谷崎潤一郎（二〇一〇）『百年文庫16　妖』ポプラ社

3

『竹取物語』かぐや姫 ――拒絶する「性」と成長する「愛」――

『竹取物語』は、『源氏物語』に「物語の出で来はじめの祖《おや》」と書かれ、子どもたちでもその内容は知っている最もポピュラーな古典作品である。しかし、少し作品の奥に入っていくと、おとぎ話と見える「顔」からはうかがいも知れぬほどの、深く興味深い「内面」が浮かび上がってくる。「かぐや姫」というスーパーレディを設定したのはなぜか？ 姫が結婚を拒み、昇天したことにどのような意味があるのか？ かぐや姫の行動や心情を追っていきながら、作者が描こうとしたことに迫っていくことにしよう。

『竹取物語』の構成

「竹取の翁」の名が詠み込まれている歌が『万葉集』巻十六に存在することから、現在伝わっている『竹取物語』は古くからの伝承・説話を様々取り合わせながら生み出された作品だと考えられる。「もと光る竹」の中にいた「三寸（十㎝位）ばかりなる人」かぐや姫は、竹が生長するようにぐんぐん大きくなり、三ヶ月で「よきほどなる人」（普通の女性の大きさ）となる点は、「一寸法師」に見られる「小さ子譚」。かぐや姫を育てた竹取の翁は黄金の入った竹を取り、裕福になっていくのは「花咲か爺さん」等に見られる「致富《ちふ》譚《たん》」、求婚者に難題を課す「難題求婚譚」、天から下った天女が羽衣を取り戻して昇天する「羽衣説話」などである。作者がそうした伝承を用いながら、どのように独創性を発揮して作品を作っていったかを考えていくことで、作者の言おうとしたことが見えてくるだろう。

内容	文字数
1 かぐや姫の誕生と生い立ち	596字
2 姫への求婚 （五人への課題とその結末）	1965字
3 仏の御石《みいし》の鉢《はち》	458字
4 蓬莱《ほうらい》の玉の枝《え》	3043字
5 火鼠《ひねずみ》の皮衣《かわぎぬ》	1625字
6 龍《たつ》の頸の玉	2435字
7 燕《つばくらめ》の子安貝《こやすがい》	1970字
8 帝の求婚	2294字
9 かぐや姫の昇天	4474字

作品の構成を上の表に示した。最も筆を費やしているのは、「9かぐや姫の昇天」で、全体の四分の一強の分量になる。しかし、上表2～7の五人の貴公子の求婚は合わせるとほぼ全体の六十％もの分量を占めており、力点がおかれているように見える。まず、五人の貴公子の求婚譚の内容を考察していこう。

五人の貴公子とはどんな人？

竹取の翁は輝く竹の中にいたかぐや姫を大切に育てたところ、たった三カ月で成人の女性になったので、髪上げと裳着《もぎ》（女性の成人式）をして、翁はかぐや姫を結婚させようと、男性たちにお披露目《ひろめ》をする。美しいかぐや姫の噂を聞いて、多くの男性たちが求婚するが、何の効果もなく月日が過ぎた。しかし、五人の貴公子は、諦めなかった。

翁は、男と女は結婚するのが当然で、翁の死後、託すにふさわしい人を得てほしいと強くかぐや姫を説得する。かぐや姫は月の都の人で罪を犯したため、一時的に人間界に降りてきたので、人間の男性とは、結婚できない。そのことは、最後の「昇天」に至って明かされる。五人の貴公子の求婚を拒絶するために、実在しない伝説の宝物をそれぞれ五人に提示して、持って来ることで志の深さを測り、結婚を承諾しようと言う。

この五人は、加納諸平『竹取物語考』によれば、石作《いしつくり》の皇子は丹比島《たじひのしま》、庫《くら》持ちの皇子は藤原不比等、石上麿足《いそのかみのまろたり》は石上麻呂が考えられ、阿倍御主人《みうし》、大伴御行《おおとものみゆき》の二人は実在の人物で、五人とも壬申の乱（六七二年）の時代の重要人物という（参考文献1の頭注による）。『竹取物語』成立の時期からかなり前の実在の歴史的人物たちを作者が当てたことで、読者の興味を引き、現実感を持たせて物語に面白味を与える効果を生んでいる。

五人の貴公子の求婚模様

最初の石作《いしつくり》の皇子《みこ》は、「心のしたくある人」と計算高い人で、自分では何の努力もせず、インドに探しに行くと言って、三年後、大和の山寺にあるお賓頭盧《びんずる》（釈迦の弟子）の像の前にある飲食を備えるための黒ずんだ鉢を持ってきて、仏の御石の鉢だと偽る。偽物だと姫に簡単に見破られた後も、「はち（鉢・恥）を捨てても頼まるるかな」と我が行動の恥も知らず、まだ姫に望みを託す。図々しいこと極まりない。姫はあきれて相手にしない。

二人目の庫持《くらもち》の皇子は、蓬莱《ほうらい》（島）に探しに行くと見せ、出航して三日で帰り、名だたる職工を集め、皇子の所領地や所有するありたけの財を費やし、名工らと千日間こもって「蓬莱の玉の枝」を作らせる。皇子が舟に乗って戻ってきたというのを聞いて、かぐや姫は、「我はこの皇子に負けぬべしと胸つぶれて（心配で胸が痛んで）思ひけり」「取りがたき物を、かくあさましく（意外にも）持てくることを、ねたく（腹立たしく）思ふ」とあり、絶体絶命の危機に立たされる。翁も本物と信じて姫に結婚を促し、寝室の準備をする。皇子は、行方の分からぬ航海に苦しみ続け、海原に蓬莱の山を見つけ、美しい玉の枝を手にして四百日かかって戻ってきたと、壮大な作り話を滔々と語る。そこにやってきたのは玉の枝を作った職工たちで、千日間力を尽くして制作したのに給金をもらっていないと訴える。ここで玉の枝は作り物だったと発覚し、かぐや姫の心配は吹き飛び、晴れ晴れとした気持ちになる。姫は職工たちに褒美を与えるが、決まり悪くなり抜け出した皇子は、職工たちを打って褒美も取り上げてしまう。その後、皇子は世間の人の目を恥ずかしく思い、山の中に入ってしまい、家の者が探しても見つからなかったという。

庫持の皇子は石作の皇子と同じような「心たばかりある人」とあり、計略家ということだが、石作の皇子は努力も見られず偽物と発覚しても大きな顔をして姫に言い寄っていた。しかし、庫持の皇子は周到に準備しながらも、職工たちへの賃金の未払いという不覚の一点で、どんでん返しが生じ、偽物と判明し、自己の行動を「恥」として責めることになった。二人の皇子の対比は実に鮮やかで、人間性が巧みに描き分けられている。詳細な探検談と人間描写がのびのびと進み、最も作者の筆が冴えているのは、この「蓬萊の玉の枝」である。

三番目の阿倍御主人《みうし》は、「火鼠《ひねずみ》の皮衣《かわぎぬ》」が唐土《もろこし》にあるということで、使者を送って貿易船の王けいに金を与えて探させた。天竺から探して取り寄せたので五十両の上増しを王けいから要求され、事もなく信じて華麗な皮衣を手に入れた。ここは、既にそっくりな偽物の「玉の枝」で学んだかぐや姫は、本物は実在しないと考えて、冷静に「火にくべて焼けないなら本物と見なそう」と言い、火に投じたところ、めらめらと焼けてしまった。かぐや姫は「あな、嬉し」と喜ぶ。大臣は仕方なく帰った。本当にがっかりだ。これは、現在でもよくある詐欺の手口にはまっている。「財ゆたかに、家ひろき人」と右大臣はされ、金持ちで簡単に人を信用し、詐欺師に引っかかってしまうというありがちな人間で、作者の鋭い批判の目が注がれている。

四番目の大納言大伴《おおともの》御行《みゆき》の課題は、龍《たつ》の頸《くび》の玉で、日本のどことも知れぬ海山から天下り昇天する竜を探すのも無理な話で、その首にある玉を取るなどとは。大納言は、家来にあるだけの禄を既に与え、玉を取らないなら帰ってくるなと激励して送り出す。家臣たちはだれも探しに行かないが、大納言は家来を信じて身を清めて待ち、奥方たちを追放して姫を迎える御殿を造営する。待っても家来たちが帰ってこないので、難波の港に行き船頭に尋ねるが、龍を探す舟が出た形跡はないという。それではと、自らが筑紫のあたりまで舟を繰り出し、勇んで龍の頸の玉を取りに行く。航海中龍神の怒りにあったのか、疾風、雷に見舞われ、船頭が神に祈り、なんとか龍の怒りをなだめようとした。三、四日後大納言が到着したのは明石の浜で、暴風にさらされ、風邪を重く患って、大納言は起き上がることもできず、両目は李《すもも》のように腫れ上がっている。とんでもないことだった。龍の頸の玉を取らずに帰ってきた家臣たちに褒美として残っていた物を与え、かぐや姫を「人殺しの大盗人」と言った。恋の熱から覚めてみれば、かぐや姫は男を不幸に追いやる災厄でしかないのだ。追い出された奥方たちはおなかをよじって笑った。作者の皮肉な視点が大納言の豹変ぶりを通してしっかり表現されている。

五番目石上《いそのかみ》中納言の課題は「燕《つばくらめ》の子安貝」だ。燕が卵を産むときに子安貝を産み落とすと聞き、燕の巣が宮中の大炊寮《おおいのつかさ》の屋根の梁にあると知り、足場を作って従者たちに見張らせる。籠《かご》に乗り、つり上げて燕の巣に近寄り、手で探るという方法で、夜昼かまわずに中納言の監督の下に取らせるが、従者たちは何も取ることができない。苛立つ中納言自身が籠に乗り、燕が尾をあげてまわる瞬間に手を入れた。確かに手に握った。やった！　籠を下ろさせると綱の引き過ぎか、切れて火の神が祭られている八個の大釜の上に落ち、中納言の腰は折れてしまった。実際に手にしたのはなんと燕の古糞《ふるくそ》だったのだ。中納言は貝がとれないどころか、大人げないことをして人笑いの種になったことが恥ずかしく、病気になってしまった。かぐや姫はそのことを聞き、見舞いの歌を送った。その返歌を書き終わると、中納言は死んでしまった。かぐや姫は貴公子の求婚において初めて姫から見舞いの歌を送り、「すこしあはれとおぼしけり」と、中納言に同情している。

五人の貴公子の求婚譚から分かること

五人の貴公子の身分は、皇子二人、右大臣、大納言、中納言と、高い身分から次第に低い身分へと順に配列されていることが分かる。

では、五人の人間性はどう描かれているだろうか。石作の皇子は、課題に努力もせず、明らかに偽物と分かる物を平気で姫に送り、偽物と突き返されても平気で、まだ姫に期待を寄せている。皇子という身分からか、何でも思い通りになると甘く考える不届きな厚かましい奴である。

庫持の皇子は同じく計略で課題を達成しようとするが、職工たちと千日もこもって偽物作りに精を出すという意味では、それなりの努力はしているし、巧みに作り話もできる有能な人物ではあろう。しかし、職工にただ働きさせ、偽物だと発覚し、姫が職工たちに与えた褒美も取り上げ、散々打って懲らしめるなどは、やはり皇子という身分から生じたパワハラの横暴で、人間性の欠如が感じられる。面目をつぶされて山に入ってしまうあたりは恥を知る一面もあるのだが。

右大臣阿倍御主人は、ありもしない物をあると信じて、簡単に詐欺に引っかかる、世間知らずの金持ちのぼんやりだが、人柄は悪いというわけではないだろう。ただ、課題に向かう姿勢が他人任せで、金銭で全て解決できると考えているのは単なるぼんくらだ。

以上三人は、偽物でも課題の物を持っていき、姫に求婚している。『竹取物語』の原初の形は三人の求婚であったという（参考文献2解説参照）。

大伴御行は庫持の皇子と違って、従者たちに禄（賃金）を与えた上で探しに行かせる。従者たちが戻ってこないと、自ら舟に乗り出し勇ましく行動する。右大臣がぼんやりなお人好しであるのに対して、大伴御行は気力充分、血気盛んに描かれる。龍神の祟りで海が大荒れ、瀕死の状態で浜に着いたときには、己の行動をきっぱり反省し、かぐや姫を悪人と割り切り、龍の頸の玉を探しに行かなかった従者に褒美を与えている。自ら行動を起こし、武勇の魂で向かったものの、困難に遭って現実を知り、きっぱり切り捨てるところに、潔さが感じられる人物である。

石上麿足は子安貝を何としても取ろうと、取り方など人に聞き、様々に工夫を凝らし、やはり自らの手で行動して、無残に失敗する。ある意味、馬鹿馬鹿しいほどの打ち込みようで、頑張ったのになあ、と同情したくなる。その純情さに哀れみまで感じさせる。

	石作の皇子	庫持の皇子
名前	石作の皇子	庫持の皇子
身分	皇子	皇子
モデル	丹比嶋	藤原不比等
課題	仏の御石の鉢	蓬莱の玉の枝
人間性・行動	**・心のしたくある人** 天竺に探しに行くと言って、三年後、大和の国の山寺の賓頭盧《びんづる》の前の鉢を持ってくる。鉢の中に求婚の歌を入れる。	**・心たばかりある人** 難波より出航し三日後帰る。鍛冶職人に財宝を投じ千日間こもって作らせ、舟で蓬莱から帰った様子で玉の枝を難波から姫の元に運ばせる。作り事の苦労話をする。
姫の反応	偽物だと見抜き、少しも「光」がないと突き返す。	本物と見て翁が承諾を勧める。姫は嘆かしく、いまいましく思う。偽物と判明し、心が晴れる。
結末・洒落	弁解・口実を口にしながら帰って、鉢を捨てる。 「はぢを捨つ」	鍛冶職人が未払いの玉の枝の工賃を取りに来る。嘘が発覚し、皇子は恥じて山中に入る。 「たまさかる」

石上麿足	大伴御行	阿倍御主人
中納言	大納言	右大臣
石上麻呂	大伴御行	阿倍御主人
燕の子安貝	龍の頸の玉	火鼠の皮衣
宮中の、燕が巣を作っている梁に従者たちを上らせ、卵を産む時の子安貝を取らせる。 自らが上り、手にしたと思った瞬間、仰向けに墜ちた。	従者たちに龍の頸の玉を探しに行かせるが帰ってこない。自ら筑紫に向かい舟に乗るが、嵐に遭い、目が李《すもも》のように腫れ、明石の浜に着く。	**・財ゆたかに、家ひろき人** 唐の王けいに天竺より取り寄せさせ追加金を払い、装飾した美しい箱に入れて贈る。火の中に入れて焼けてしまう。
（求婚せず） 見舞いの歌を姫から送り、少し気の毒だと思う。	（かぐや姫を大盗人、人殺しと言い、恨み求婚せず） 姫の反応なし	焼けるのを見て、うれしいと喜ぶ。
子安貝ではなく、燕の糞だと分かる。腰は折れたまま、病んで亡くなる。 「かひなし」	眼二つが李のように腫れたが、 「あな、たべがた」 「あな、たへがた」	偽物と知って、顔色を青くし帰る。遂行できないことを阿倍にちなんで 「あへなし」

こうして、五人を並べてみると、次のような点がはっきり分かる。身分は高い方から低い方に並べられ、それぞれ個性的に描き分けられているが、人間味という点では、狡猾な方から純真な方へ。課題に対する努力という点でも、いい加減から熱心な方向へと描かれていると言える。

身分により人を評価しない、むしろ、作者には身分に対する風刺や批判的な見方が確かにある。世間一様な物の見方をしない独自の鋭い視点が感じられ、とても興味深い。

五人の貴公子とかぐや姫

三ヶ月で成長し、光り輝く例えようもなく美しい神秘的存在のかぐや姫は、求婚譚の中では全く影を潜める。求婚譚は分量的には最も多くを費やしていて、五人それぞれの行動、人間性の描き分けなど、作者の表現の冴えているところで、読んで実に面白い。作者は、身分にとらわれない、貴公子たちの人間模様を活写している。では、この求婚譚はかぐや姫ストーリーの中で、どんな意味を持っているのだろうか。

「かの都の人は、いとけうらに、老いをせずなむ。思ふこともなくはべるなり。」といい、月の都の人は感情を持たないと設定されている。かぐや姫も翁が竹の中から見つけたときはそうだったのだろう。しかし、庫持の皇子が本物そっくりな蓬莱の玉の枝を持ってくると聞いて、「我はこの皇子に負けぬべしと胸つぶれて思ひけり」と不安ではらはらし、偽物と判明すると、「心ゆきはてて」とすっかり気が晴れたと表現されている。感情が芽生えているのである。この場合、結婚できない姫にとって、「困った」と思う、「心配する」という感情は、自身の我欲から発した感情である。自分にとって都合が悪く、いやだと思うのだ。その心配がなくなると、気持ちが晴れ晴れするというのも自身からのみ発せられた感情だ。赤ん坊が何かが欲しいと泣き、得られるとすっきり笑顔になる、というのとほぼ変わらない。いやなことをされていやだと思うのは、人間の、いや動物にもある感情(情動?)ではある。しかし、「情愛」ではない。

ところが、石上の中納言がひたすら「燕の子安貝」を取ろうとしてその「かひなし」で落ちて重傷を負ったときのことだ。姫は自分から「待つ甲斐もなく貝がとれなかったと聞きましたが本当ですか」と見舞いの歌を詠んでいる。中納言は、「貝はなかったけれど、こうしてお手紙をいただき甲斐はありましたよ、でも苦しんでいる私の命を救っては下さらないのですか」と書き終わって亡くなってしまった。やはり、中納言の一所懸命さは姫の心を少し動かした。少し、気の毒だと思ったのだ。中納言に同情しているのだ。相手の苦しみを推し量っている。

五人の貴公子の求婚の間、翁たちに見守られ、愛されながら、感情を持たない「天人」から、人の苦しみを解する「人」へと、かぐや姫の感情は少し深化しているのだ。

作者はこの求婚譚を通じて五人の行動と人間性を描きながら、同時にかぐや姫の人間的成長を一歩一歩前進させていたのだ。

帝の求婚とかぐや姫との関わり

かぐや姫がまたとなく美しいと聞き、帝は内侍《ないし》中臣《なかとみ》のふさ子に命じて見に行かせる。姫は、自分の容貌は優れてなどいないと言い、使者のふさ子に会おうともしない。「国王の命令をこの世の人は受けないはずはない」と、最高身分の帝の権威を振りかざして、ふさ子は面会を強要する。「国王の命令に背くと言うのならば、私をはやく殺せばいい」と姫の拒否する姿勢は激越だ。帝は姫に負けられないと思い、翁に五位の位を与えるという条件を付け、姫を献上するよう命令する。帝の元に行くよう説得する翁に、無理に宮仕えをさせるなら死ぬと姫は言う。

何としても美しい姫を見たくてたまらない帝は、それでは狩りに行く振りをして、かぐや姫を見に行くことにしようということになった。家の中に入ると光に満ちあふれる中、すばらしく美しい人が座っている。帝はつかまえて連れて行こうとする。それはできない。かぐや姫は急に影になって姿を消してしまった。もう連れて行くことは諦めたが、「帝、なほめでたく思しめさるること、せきとめがたし」と、姫をこの上もなく素晴らしいと思う気持ちは止めようもない。

帝は、連れて帰ることができなかった未練を歌に詠み、姫は返歌をする。

むぐらはふ下《した》にも年は経ぬる身の何かは玉のうてなをも見む

（草が生い茂るような卑しいところで過ごしていた私は、どうして王宮の美しい御殿で過ごせましょうか、いえ分不相応なのです）

その歌にまた帝は思いを深くする。どんな女性を見てもかぐや姫と比べると、気持ちが向かず、奥方たちとの関わりを断って一人で暮らしている。お召しには応じなかったかぐや姫だが、心を込めた帝からの季節ごとの便りには、姫も情をこめてやりとりして、三年の月日が流れた。

『源氏物語』に見る『竹取物語』のかぐや姫像

『竹取物語』が平安物語文学の最初の作品であったことは、次の『源氏物語』絵合の巻によって知られる。冷泉帝（光源氏の父の桐壺帝の子、実は義母藤壺と源氏の子）の寵愛を争う右方の弘徽殿の女御と、左方の斎宮の女御が、絵の好きな冷泉帝に気に入られようと、絵を出し合って競う「絵合《えあわせ》」の場面に、次のようにある。

まづ、物語の出で来はじめの親なる竹取の翁に、宇津保《うつほ》の俊蔭《としかげ》（『宇津保物語』）を合わせて争ふ。

（左方）「なよ竹の世々に古《ふ》りにけること、をかしきふしもなけれど、かぐや姫のこの世の濁りにも穢《けが》れず、はるかに思ひのぼれる契《ちぎ》りたかく、神世《かみよ》のことなめれば、あさはかなる女、目及ばぬならむかし」と言ふ。右は、「かぐや姫ののぼりけむ雲居はげに及ばぬことなれば、誰も知りがたし。この世の契りは竹の中に結びければ、下《くだ》れる人のこととこそは見ゆめれ。ひとつ家の内は照らしけめど、ももしきのかしこき御光には並ばずなりにけり。」

ここでとても興味深いことは、「かぐや姫」に対する評価が真二つに分かれていることだ。絵を出した左方は、姫がこの世の全ての男と関係を拒み、昇天した宿縁は貴く、神代の事のようだと言っている。一方、右方は、竹の中から生まれているのだから身分が卑しく、帝と結婚し、后になるというご威光と無縁に終わったと、低く見ている。この、右方の評は、前述したかぐや姫の帝への返歌と軌を一にしているのが面白い。

作者の意図はどちらであろうか。もちろん、左方だろうし、『源氏物語』の作者も同じであろう。簡単に男に身を許すのは、「浅はか」なのだ。このことは平安の女性観を知る上で重要な観点なのだが、次の稿で考えることにしよう。

作者は、五人の貴公子、および帝の求婚を通して、美しい女性の姿を持ちながら、通婚しない「永遠の女性」像を提示し、かぐや姫に性を拒絶する姿勢を貫かせている。

皇権を頂点とした貴族社会への抵抗と至高の愛

五人の貴公子の求婚譚の後に帝を登場させ、申し出も拒否することを描いていることに、作者の意図はどう表れているのだろうか。

身分の高い五人の貴公子ばかりでなく最高身分の帝の申し出まで拒絶するほど、かぐや姫がこの世での男女のちぎりを結ぶことは不可能であったという、「天人」として置かれた絶対的存在を強調するためであろうか。いや、そればかりではないだろう。

五人の貴公子の身分が高いほど人間的に問題のある人物像を描き、姫の気持ちも身分と逆行して冷淡な反応から同情を示していくようになる。そして、姫は最高権威者である帝の、命令と等しい申し出を、自己の「死」を引き換えに出して徹底的に拒絶する。そこに、皇権を頂点とした貴族社会のヒエラルキーに対する作者のある意味の挑戦的姿勢が感じられる。

貴族社会の価値観からフリーな存在、人を超越した「天人」としてのかぐや姫を登場させることで、決して男の意のままに肉体的関係を結ばない「けうら（きよらか）」な人、かぐや姫の存在が燦然と浮かび上がる。だからこそ、肉体を超越した帝のプラトニックラブ、「至高の愛」が生まれるのだ。「物語」だからできたことだが、肉体を伴わない愛の存在を明らかに表現していることについては、作者の浪漫的姿勢を強く感じる。

「かぐや姫の昇天」の元になった「羽衣伝説」

已に散逸した『丹後国風土記』にあった「羽衣説話」が、『古事記裏書』などに採録されている（参考文献1）。その記述をもとに、概略をまとめてみよう。

奈具社《なぐのやしろ》

丹後の風土記に以下のようにある。比治《ひぢ》山の頂に真奈井《まない》の井戸があった。ここに天女八人が舞い降り水浴をしていた。老夫婦が井にやってきて、天女一人の衣を取って隠してしまった。残りの天女は衣を着て天に飛んでいった。衣のない天女は、子供のいない老夫婦に子となるよう求められて家に行き、ともに暮らすこと十年余りの年月を経た。そのとき、天女は万病を治す酒を作り、家は豊かに富み栄えた。

あるとき老夫婦は天女に、自分たちの子でないので出て行けと言った。天女は自分の意志からではなく老夫婦が願ったからともに生活したのに、追い出すとはなんと心痛むことかと、悲しみ、天に帰ることもできず、嘆きながらさすらい、奈具の村にとどまった。この天女は、奈具の村の社に祭られている豊宇賀能《とようかの》売命《めのみこと》である。

この伝承は『竹取物語』との関わりが深いと思われる。その他、古い伝承として「伊香《いかご》小江《のおうみ》」（参考文献1）が伝わる。白鳥が舞い降りて入り江で水浴しているのを男が見つけ、一人の天女の衣を隠したため、帰れずに人間として暮らし、男と夫婦となり子を産んだ。天女は隠されていた羽衣を見つけ、天に戻っていった。

この伝承の他に、已に原型となる『竹取物語』のような説話が存在していた可能性もある。この二つの古い伝承と『竹取物語』を比較することで、作者がどのようなことを作品で伝えたかったのかが明らかになるだろう。作品の展開に従って引用しながら考えていくことにしよう。

かぐや姫の嘆きに見られる人間性の深化

帝との手紙のやりとりで互いに心を慰めて三年ほどの月日が流れた。姫は、春の初めから月を見て思い悩むようになる。七月十五日の月を見て、さめざめ泣き悲しむ姫に翁が理由を尋ねると、八月十五夜に月からの迎えによって昇天しなければならない運命を嘆いていることがわかる。そして、いよいよ天人が来るその直前に、姫は翁にこう言う。

「月の都の人にて父母あり。かた時の間とて、かの国よりまうで来しかども、かくこの国にはあまたの年を経ぬるになむありける。かの国の父母のこともおぼえず。ここには、かく久しく遊びきこえて慣らひたてまつれり。（月に帰ることは）いみじからむ心地（うれしい気持ち）もせず。悲しくのみある。されど、おのが心ならずまかりなむとする」（中略）

「（翁の）御心をのみ惑はして（悲しませて）去りなむことの悲しく堪へがたくはべるなり。かの都の人は、いとけうらに（とても美しく）、老いをせずなむ（年をとるということがなく）、思ふこともなくはべるなり（思い悩むこともないのです）。さる所へまからむずるも、いみじくはべらず（うれしい気持ちはしません）。（翁たちが）老いおとろへたまへるさまを見たてまつらざらむこそ恋しからめ」

月に実の両親がいるのだが、自分にとって月に帰ることはうれしくなく、心をこめて育ててくれた翁が老い衰えていくまでそばにいられないことが辛い。翁たちが悲しむことが、辛くてならないと、姫は言う。相手の気持ちを考え思いやることが愛情の原点である。翁たちを心から心配し、思いやる姫に、人間的な感情の深まりを感じないではいられない。

羽衣伝説の「奈具社」では、天女を引き取るのは子どものない老夫婦であり、その点は『竹取物語』と同じだが、天女の作る酒によって豊かになった老夫婦は、天女を家から追い出してしまう。嘆き悲しんでいるのは天女である。『竹取物語』では、翁たちの愛情が深く、姫もその愛情に包まれて、翁たちを実の親として慕っている。双方の濃い情愛が描かれているのは、作者の「人間愛」への思い入れがあるからだろう。

「Pity is akin to love.」(哀れみは愛の始まり)ということわざがあるが、夏目漱石は、『三四郎』の中で「かわいそうだたぁ、ほれたってことよ」と言っている。同情の気持ちから突き動かされる思いこそが愛情だろう。昨今、ストーカー被害や、そこから発した殺人の新聞記事を目にすることが何と多いことか。相手の気持ちや、相手との関係が得られないなら抹殺してしまうというのは、なんとひどいことか。相手の存在を全く無視して自己欲の横暴によって支配しようとするとは。そこには「愛」のひとかけらもない。

「五人の貴公子」と現代のストーカーたち

五人の貴公子たち、そして帝、彼らは、つきまとい、所在する場所をうろつき面会や交際をしつこく求めている点で、現代で言うところの「ストーカー」である。ストーカーとは「特定の相手に対する過剰な関心と、過剰な接近欲求により、無許可接近をする人」だと定義されている（参考文献11）。そして、「『竹取物語』は日本最古の物語で、物語の祖と呼ばれるが、そこにストーカーの記述があるのには驚く」（参考文献12）とある。

ストーキング問題のカウンセラーの著者によると（参考文献11）、加害者は、自分が相手を苦しめていると自覚しながらも、まだ、相手に好意を持たれることを期待し続け、相手に拒絶され、その望みが絶たれると、その心は憎しみに転化し、自殺や相手を殺害してしまうという行動に走るという。つまり、ストーカーは、自分の思いだけで驀進《ばくしん》してしまい、ちょっと視点を変え相手の立場になって自己を客観視することができない。「アダルトチルドレン」といわれるような心理的病態も、その一つの要因と考えられる。また、ストーカーとその被害者が、例えば「同棲している」のに「付き合っていない」とか、「肉体関係」があるのに「友達」だと言ったりすることから、言葉の意味合いがちぐはぐで逸脱しており、男女関係の「常識」が変わってしまったと、著者は言う（参考文献11）。

最近ストーカーの問題が深刻化しているのは、高度情報化社会にあって、人間同士が直接関係する機会が減り、SNSなどインターネットを通じたやりとりが多くなり、言葉と現実、意味との結びつきが弱まってしまったという背景があることは見逃せない。これは第二章　4「管理社会の自我」「虚構の時代の自我」ということとも関わりも深いところである。

言葉は、知的および情的に把握される内実を伴ってこそ機能する。それは生まれて以来、親や周囲の人からの語りかけと応答、教育や読書体験を通じて培われていくものだろう。ところが、最近は受験の成績にすぐ結びつく問題演習やドリル形式に小さい時から向かわせられて、読書による言語体験の機会が奪われる傾向がある。言語体験そして読書量が豊富であれば、相手の気持ちを推し量り、その感情を受けとめること、想像することができるだろう。

他者の立場になり、相手を大切に思うこと、それが愛情である。「人間愛」があれば、人に危害を加えたり、犯罪的行為などできないはずだ。想像力とは、言葉によって表現されたことを、知的に理解すると同時に感情的にも把握する力である。自分の見方を離れ、他者の側に身を置いて物事を見、理解し、他者の気持ちを受けとめること、その当たり前であるはずの力が、現代では人に失われつつあるような気がする。他者の痛みを共有する場を提供するのは「物語」、つまり「文学」なのである。論理思考も大事だろうが、「文学」を軽んじる、つまり共感できる感性を軽んじる昨今の教育の流れは、情操を培う機会を奪い、情愛の乏しい人間を生み出してしまうことになるのではないかと、強く危惧している。

五人の貴公子たちは、かぐや姫の無理難題に対して、自己の行動を深く恥じているところは、現代のストーカーとは違って、まだ救いようがあったと言うべきだろう。

一方のかぐや姫は、感情のない天人だったはずだが、翁たちの愛情に包まれ帝との文通を通して変わっていった。次第に心優しく「うつくしかりつる」（かわいらしい）「人」柄の、従者たち誰からも愛される「人間」になっていったのだ。

天人とはどういう人なのか

天人はこの世の人間とどう異なっているのか。

まず第一に、姿が「けうら」（清ら）で穢れがなく美しい。これはかぐや姫の描写の通りである。第二に、「老い」をせず、年を取らない、つまり、死がないということだ。永遠の命がある。老いがないということは、天界と人間界では時間のペースが異なっているということになる。姫が月の世界で罪を犯しこの世に下った期間は、天界から見れば「かた時」とあるが、この世では「あまたの年」で「二十余年」となっている。第三に、天界ではものを思い悩むことがない、つねに平穏な気持ちでいられるということだ。

人間にとって辛いのは、死という生命の限界に向かう恐怖、老いや醜悪という現実、そして様々な悩みや物思い、苦しみである。これらがなかったら、確かに平和で安楽ではあるだろう。そのような苦しみのない、人間の理想を「天人」として作者は用意する。さて、そこにはどんな意味があるのだろうか。

昇天に見るかぐや姫の人間性

こうして、八月十五日の夜、帝は二千人の軍隊を派遣して築地《ついじ》（塀）、家の屋根で守らせる。子の時（夜中十二時）に昼の明るさにもまして光り、大空から人が雲に乗り降りてきて、地上から五尺ほど（人の背の高さ）のところに立ち並んだ。兵隊たちは全く力を失って見守るばかり。王と思われる者が翁に姫を差し出すよう命じる。抵抗も空しく、姫は嫗《おうな》の手をすり抜けて外に出てしまう。嘆き悲しむ翁に、翁を最後まで見届けられず昇天してしまう心残りと悲しみの気持ちをこめて、姫は翁に手紙を書く。穢れた人間界にいたからと薬（不死の薬）を勧められ、姫は少しなめて、翁に渡すため包もうとして止められる。天人が衣（羽衣）を着せようとする。

その時に、かぐや姫、「しばし待て」といふ。「衣着せつる人は、心異になるなり（人間と心が変わってしまう）」といふ。物一言いひ置くべきことありけり」といひて、文書く。天人、「遅し」と、心もとながりたまふ。かぐや姫、「物知らぬこと、なのたまひそ」とて、いみじく静かに、朝廷《おおやけ》（帝）に御文奉り給ふ。あわてぬさまなり。（中略）

今はとて天の羽衣着るをりぞ君をあはれと思ひいでける

（いまはお別れと、天の羽衣を着る時になって、帝のことをしみじみ慕わしく思い出しております）

昇天の間際になって、大切なことを思い出す。三年間も愛情を注いでくださった帝へのお別れの手紙を書くことだ。ここで早く衣を着せようとする天人が、じれったく思って

「遅い」と姫に言う。なんと、天人は物思いをしない、いつも平穏な心情であるはずなのに、おかしいではないか。この矛盾する発言によって、際立つのが、姫の立派で堂々とした態度だ。「物の道理、つまり人情をわきまえないことをおっしゃるな」と手厳しく退ける。人情こそが大切なのだ。姫は帝の愛情に感謝しつつも、天界の人間ゆえに宮仕え（結婚）できなかった非礼をわびる。

かぐや姫の人間性が最も極まったことがわかる感動的なところだ。燕の子安貝を取れずに窮境に陥った中納言を「少しあはれとおぼしけり」と思った姫が、ここでは帝に対して「あはれと思ひいでける」とはっきりと愛情を表現している。かぐや姫の人間の情の深まりが示されている。

昇天するかぐや姫とその後

頭中将《とうのちゅうじょう》に帝への手紙と不死の薬を託し、「衣」を着たとたん、かぐや姫は「翁をかわいそうだ、いとおしい」という気持ちもなくなり、昇天してしまった。

ここでの「天の羽衣」の意味が重要である。『竹取物語』では、天人たちにすでに飛ぶ力が備わっている。どの「羽衣説話」でも「天の羽衣」によって天人に飛ぶ力を与えるものであったのだが、『竹取物語』では、純粋に物思いのない、人間の心を失って「天人」としての精神を持たせる力を持つ、ある意味象徴的なものになっている。それは、人間の「心」の存在を際立たせるための作者の創意にほかならないだろう。

翁は悲しみ病臥してしまう。帝は姫からの手紙を読み、次のような歌を手紙に記す。

あふこともなみだにうかぶわが身には死なぬ薬も何にかはせむ

（もう姫に会うこともないので悲しみの涙でわが身が浮かぶくらいになっている私にとって死なない薬は何になろうか、いや何にもならない）

不死の薬を受け取った帝は天に近い富士山で帝の手紙と不死の薬を焼かせて、姫に気持ちを伝えようとする。「なみ」は「無み」（ないので）と「なみだ」の掛詞になっている。帝という最高権力も、翁が得た金銭も、不死という永遠の生命も、姫との愛に比べれば、何の意味もないものなのだ。

『竹取物語』の本質　人間愛の物語

『竹取物語』は、前半の「求婚難題説話」の日常的題材を用いた現実批判的な要素と、後半の「羽衣説話」の浪漫的伝説世界と、二分されている印象を受ける。どちらかに重点を置いて作品の本質を見ることになり、作品全体を統一的に捉えることは容易ではない。

求婚譚については、貴公子たちの個性が生き生きと描き分けられ、人間描写が鮮明である。同時に、姫は貴公子に取り合わない姿勢から、わが身を心配するようになり、不幸に陥ったことに同情を示すまでになり、「人間的」心情の芽生えが示されている。こうした前半については、姫の神秘性は示されていないが、「人間」への作者の強い関心と興味の目が、「物語」を形作っていると言える。

帝の求婚に至って、帝という最高権威者の求婚まで拒絶するという、現実の世ではあり得ないようなかぐや姫の強い姿勢が示される。帝は、意のままにならないことに、その主体的な紛れもない姫自身の存在を思い知らされ、情のこもった文通を通して愛を育んでいく。その三年の文通期間で、姫自身が人間的な感情を深めていったのだろう。

いよいよ昇天の場面では、かぐや姫の「思い悩み、苦しむ」心情があふれ出てくる。人間を超越した理想の天人世界を設定することで、生きていることの苦悩、老いと死の恐怖、人間のかかえている「無常」が浮かび上がる。しかし、そこにとどまってはいない。帝が富士山の山頂でかぐや姫への手紙と「不死の薬」を焼いてしまうところに、「不死の薬」なんて要らない、迷い苦しみ多い世の、老い衰える人間界にあって、情愛こそが永遠の命にも代えがたく貴いものだということが、はっきり示されている。

「一般の求婚者と比較にならない国王であるにもかかわらず、天女であるかぐや姫はついに人間界の者と通婚することがなかった、という昇天の場面にこそこの物語の主題性がうちこめられていよう。（中略）『竹取物語』が物語文学の出発点として、高い評価をかちえていまにあるのは、そのような人間存在をあたたかく見守る眼のたしかさにおいて先駆的であったからだ。」と藤井貞和氏は言う（参考文献8）。

前半の求婚譚の人間に対する深い興味から始まり、後半の帝の求婚、かぐや姫の昇天へと、親子や男女の情愛、人間愛こそが最も貴く大事なものだと全編を通じて見据えられている。『竹取物語』はこうした作者の魂が貫かれている作品だからこそ、「物語の出で来始めの祖」といえるのだ。

※本文の引用は、参考文献2『新編日本古典文学全集』（小学館）によった。現代語訳・要約は筆者による。

参考文献

1 野口元大校注（一九七九）『新潮日本古典集成　竹取物語』新潮社
2 片桐洋一・福井貞助・高橋正治・清水好子校注・訳（一九九四）『新編日本古典文学全集　竹取物語・伊勢物語・大和物語・平中物語』小学館
3 三谷栄一（一九八八）『竹取物語評解　増訂版』有精堂
4 松尾聡（一九六一）『評注竹取物語全釈』武蔵野書院
5 小嶋菜温子（一九九五）『かぐや姫幻想　皇権と禁忌』森話社
6 原國人（二〇一二）『物語のいでき始めのおや　『竹取物語』入門』新典社
7 孫崎紀子（二〇一六）『「かぐや姫」誕生の謎　渡来の王女と〝道真の祟り〟』現代書館
8 藤井貞和（二〇〇一）『平安物語叙述論』東京大学出版会
9 藤井貞和・大岡信（一九九一）『新潮古典文学アルバム　竹取物語・大和物語・宇津保物語』新潮社
10 秋生騒（二〇一九）『かぐや姫幻想史　竹取物語の真実』文芸社
11 小早川明子（二〇一七）『ストーカー　「普通の人」がなぜ豹変するのか』中央公論新社
12 川口素生（二〇〇五）『ストーカーの日本史　神話時代から江戸時代まで』ベストセラーズ

4

『源氏物語』最後のヒロイン浮舟
――犯される「性」さすらう「生」――

今年二〇二四年、大河ドラマ「光る君へ」で紫式部が主人公になったことから、『源氏物語』は注目を集めることとなった。成立したのは一〇〇八年頃と推測され、千年以上昔の時代に、主な登場人物ほぼ二〇〇人という膨大な人間を描き分け、七十六年間に渡る超大河ドラマの世界を形作ったのだから、作者紫式部は、怪物としか言い様がない。「凡夫のしわざともおぼえぬことなり」と『無名草子』（鎌倉時代初期成立・物語論）でも言っている。

紫式部は、この壮大な王朝絵巻を展開させながら、その底流に貫き流れ、描こうとしたのはいったいどういうことだったのか。特に、その作品の幕切れは、あっというほど不確かで、読者は迷路に連れ出され、霧にとざされたまま暗闇に放り込まれてしまったように感じる。その、『源氏物語』の最終を締めくくるヒロイン浮舟という人物こそが、作者の荷を最も背負わされた人物として造形されているのではないか。その確信のもとに、奥深い山道に一歩ずつ足を踏み出していくことにしよう。

『源氏物語』概略

『源氏物語』五十四帖は、その内容から三部に区切って考えられている。浮舟の登場する第三部までのあらすじを、かいつまんで紹介する。

【第一部　光源氏の栄華と罪――一の巻　桐壺　～　三十三の巻　藤裏葉】

身分の低い桐壺の更衣は帝の寵愛を一身に受けるあまり、他の女御や更衣の恨みを受け、宮仕えに苦しみながらも、玉のように美しい皇子（第二皇子・光源氏）を生んだ。病弱な桐壺の更衣は、人々の反目から追い詰められて心労が重なり、皇子が三歳の折に亡くなってしまった。帝は皇子を皇太子にしたいと考えるが、世の批判を考え高麗《こま》の相人（占い師）に占わせて皇子を臣籍に下し、皇子は源氏性を賜った。亡き桐壺の更衣を忘れられずにいる帝から所望され、瓜二つだという藤壺の宮が入内《じゅだい》した。源氏は幼いころ亡くした母の面影を求め、五歳ほど年長の若い継母を恋慕するようになる。藤壺の面影を宿す姪の紫の上（十歳）を偶然垣間見《かいまみ》て、幼い紫の上を源氏は自邸に引き取った。源氏の藤壺に対する思慕は募るばかりで、里下がり中の藤壺と密会し、藤壺は懐妊してしまう。源氏と藤壺は、帝に対する不義を犯したことで罪の意識に苛まれることになった。藤壺は源氏の引き続く恋情を断ち切るため、桐壺帝の死をきっかけに出家してしまう。その後、源氏は成長した紫の上を正妻として迎え、その他多くの女性たちと関わった。その中で、弘徽殿の太后の妹である朧月夜《おぼろづきよ》の君と過ごしているところを敵方の右大臣に発見され、太后の激怒を買い、はばかって須磨に隠棲することとなった。暴風雨に襲われた源氏は明石に移り、明石の入道が大切にしていた娘の明石の君と結ばれた。兄の朱雀帝から召還の宣旨が下り、源氏は政界に復帰した。明石の上は懐妊して明石の姫君が誕生し、紫の上の養女として育てられた。兄の朱雀帝が譲位し、春宮《とうぐう》の冷泉帝（実は源氏と藤壺の子）が即位した。源氏は壮麗な六条院を造営し、そこに関わりのあった女性たちを住まわせ、準太上天皇に上りつめた栄華はまばゆいばかりであった。

【第二部　光源氏罪の報いと苦しみの晩年―三十四の巻　若菜上　～　四十一の

巻　幻・雲隠】

病を得た朱雀院は出家を考え、娘の女三の宮の将来を源氏に託した。身分の高い親王である女三の宮の六条院への輿入れを、最も悲しんだのは正妻紫の上だった。紫の上は親王の娘であり、天皇の娘である女三の宮より格下となり、正妻の地位は女三の宮に譲る形になるからだ。以降、紫の上の心は晴れず、出家の願望を持ち、病がちになっていく。頭中将《とうのちゅうじょう》（源氏の親友）の息子の柏木は、もとから女三の宮を恋慕していたが、六条院の蹴鞠《けまり》の折に偶然女三の宮の姿を見たことから、思いを募らせた。源氏は幼稚な女三の宮を物足りなく思っており、柏木は女三の宮が冷遇されていると聞き、女房の手引きで女三の宮と結ばれ、女三の宮は懐妊してしまった。柏木は、源氏の正室を犯した罪の意識に苦しみ、女三の宮の褥《しとね》（敷物）の下から発見された手紙から二人の関係に気づいた源氏に、痛烈な皮肉を言われ、懊悩の末病の床に就き逝去した。女三の宮は男児薫を出産後、冷たい源氏の態度に失望し、出家してしまう。源氏は継母藤壺との不義の関係に思い至り、自ら犯した罪の深さを思い知った。紫の上は病重く出家を望むが、源氏は紫の上の死を恐れ出家を許さない。紫の上は法華経の供養を二条院で行った後、明石の中宮、源氏に見守られながら、静かに息をひきとった。源氏は喪に服し、栄華を極めながらも最愛の紫の上を悲嘆させたことで、己の生涯を憂いをこめて振り返る。源氏は出家の準備を進める。紫の上がかわいがっていた孫の匂宮（明石の中宮の三男）に心慰められるが、源氏は紫の上を苦しめたことを思い、悲嘆に堪えない。（その後源氏が出家し、逝去したことが、「雲隠」という名だけの巻から分かる。）

第三部　宇治という世界

第三部は「宇治」を舞台にしている。

百人一首　　喜撰法師

わが庵は都のたつみしかぞすむよをうぢ山と人はいふなり

（私の草庵は都の辰巳（東南）の方角にあってこのように静かに暮らしている。だが、人は私が世をつらく思って山にこもっていると言っているようなのだ。）

宇治川の流れる風光明媚な土地は、平安貴族の遊興、別荘地でもあった。一方、喜撰法師の有名な歌のとおり、世を「憂し」とする「宇治」の掛詞からイメージされるように、暗く鎖された所でもあった。

第三部の「宇治十帖」では、この喜撰法師の生き方に通じる宇治の八の宮を登場させ、、その宮の三人の娘たちと、源氏の子（実は源氏の最後の妻女三の宮と柏木との不倫の子）「薫」と、源氏の孫に当たる「匂宮」との、閉鎖的で息詰まるような、かつ限りなく悩ましい恋愛模様が展開されていく。

浮舟の登場まで

源氏亡き後、貴公子として名高いのは、源氏の晩年の妻女三の宮と柏木との不義密通の子である薫と、源氏の孫の匂宮の二人であった。生まれながら薫君には身に芳香が備わっており、対抗して匂宮は調合してあらゆる香を焚きしめている。この二人は、年齢も近く、何につけ互いに競い合っていた。

生まれながらに若き母女三の宮が尼であり、母と柏木の不倫による出生に暗い影を負った薫は、若いときから世を憂え信仰心が厚い。父源氏と兄弟の関係に当たる八の宮が、宇治でひっそり仏道に専念して暮らしているのを知り、共感して八の宮のもとに通うようになる。あるとき八の宮の留守中に宇治を訪れた薫は、八の宮の娘、長女の大君《おおいきみ》と次女中の君が琴と琵琶を合奏する様を垣間《かいま》見て、気高く美しい大君に心惹かれ、文を交わした。匂宮は、薫からこの姉妹の話を聞いて興味を抱き、しばしば文を送るようになった。

八の宮は死期を悟り、姫君たちの行く末を薫に託し、姫君たちには軽薄な男との結婚をするなと戒めて、この世を去った。薫は大君に恋情を訴えるが、父の遺言を守って結婚する気のない大君は取り合わず、妹の中の君と薫の結婚を望んでいた。大君を愛する薫は、ついに大君の寝所に入ったが拒む大君を慰め、思いを綿々述べ、何事もなく一夜を過ごしたのだった。薫は大君を得ようと考え、匂宮に中の君を手引きして、二人は結ばれた。新婚三日は匂宮は無理を押して宇治の中の君のもとに通ってきたが、不自由な皇子の身分では外出もままならず、訪れが途絶えた。大君は好色で不実な匂宮と中の君を結婚させたことを深く悔い、心労が積もって病んで世を去った。

大君を失ってなお忘れられずにいる薫は、いつしか中の君に大君の面影を求めていった。二条院に移った中の君は、匂宮の子を懐妊したが、六の君と結婚した匂宮は、すっかり新妻に夢中になってしまう。匂宮の夜離《よが》れに思い悩む中の君に大君の面影を感じ、薫は恋情

◎第三部（匂宮〜夢浮橋）宇治十帖　参考系図◎

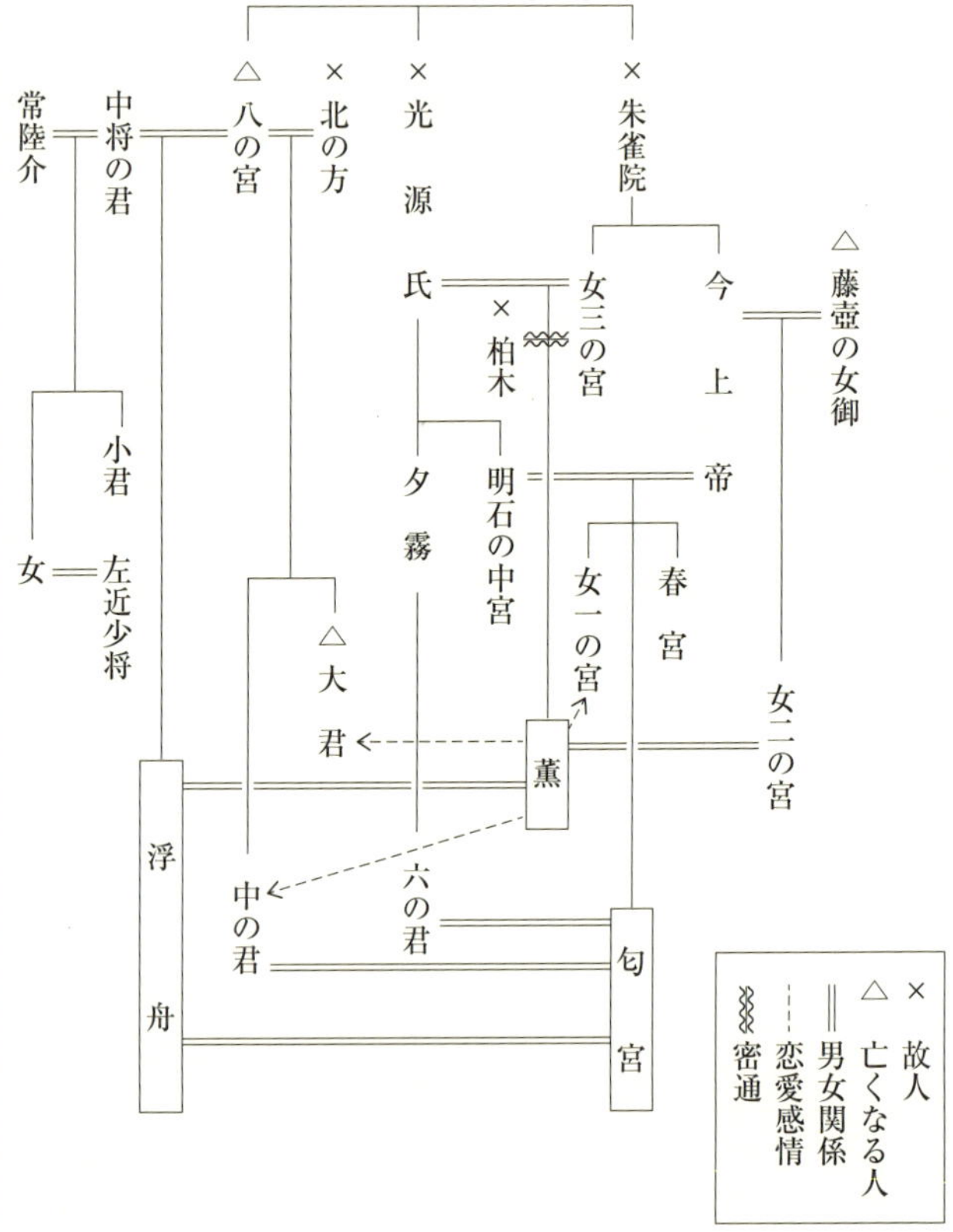

を募らせ御簾《みす》の下から中の君の袖を捉えて思いを訴えるが、思いを遂げずにいた。薫の移り香から仲を疑った匂宮は、中の君をいたわって離れずに過ごしている。諦めきれずになおも思いを訴える薫に、中の君は自分から気をそらせようと、大君に生き写しの異母妹浮舟の存在を初めて薫に明かす。

薫は弁の尼から、八の宮と女房中将の君との間に生まれた浮舟の素性を知った。薫は権大納言に昇進して女二の宮と結婚し、帝の婿となった栄華を得た。宇治に赴いた薫は、初瀬詣での折に立ち寄った浮舟を垣間見《かいまみ》、亡き大君にそっくりだと心打たれ、弁の尼に取り次ぎを依頼した。

薫にとっての「形代《かたしろ》」の浮舟

八の宮の女房であった中将の君は、北の方の死後八の宮の子、浮舟を生んだが、八の宮は冷たく取り合わなかった。のちに中将の君は、常陸介《ひたちのすけ》の後妻となり、常陸に娘の浮舟とともに夫について下向した。その夫常陸介は、前妻との子も多く、中将の君の連れ子浮舟には冷淡であった。母中将の君は、美しい娘の浮舟を大切に養育し、求婚者の中から左近の少将を選び、婚礼の準備を進めた。だが、少将は浮舟が常陸介の実子でないと知り、実子の娘に乗り換え結婚することになった。浮舟の乳母は薫との縁を勧めるが、中将の君は、自分と八の宮との過去のいきさつを考え、浮舟と薫の身分違いの結婚に乗り気でない。中将の君は破談になった浮舟の処遇に迷い、異母姉の中の君に庇護を依頼し、中の君のいる二条院に浮舟は移った。中の君の夫の匂宮に浮舟が発見され、侍女だと勘違いされ、言い寄られる。乳母からこの事件を聞いた母中将の君は、急ぎ浮舟を三条の小家に移した。

雨の夜、弁の尼を通して薫は三条の小家を訪れた。薫は事もなく浮舟の所に入り込んで思いを遂げてしまった。しかも、大君の身代わり「人形」とは告げず、たまたま見かけたときからやみくもに恋しく思っていた。こうなるのも運命だと、薫は言ったのではないか、とある。浮舟はかわいらしくおっとりして、薫はしみじみといとおしく思った、という。

翌朝、薫は浮舟を三条の小家から連れ出し、大君との思い出の土地、宇治に連れ去る。この場面は、夕顔（源氏の友人頭中将の元恋人）に対する源氏の行動を思い起こさせる。源氏は夕顔をいきなり「某《なにがし》の院」に連れだしてしまうのも、夕顔の身分を軽く見て、自由にできると考えたためである。薫は大君、中の君の几帳《きちょう》（隔て）を越えてすぐ身近に迫り愛を訴えながらも、戸惑い拒む姫君たちの気持ちを尊重し、実行に及ぶことはなかった。しかし、浮舟に対しては相手の承諾を得ることなく、たやすく自分の物としてしまった。

薫は、夕顔のように、翌朝自分の囲い人として、浮舟を勝手に連れ去ったのだ。

当時は、男女関係も身分によって決定づけられていたのだ。薫は「人のもの言ひいとうたてあるものなれば、右大将は、常陸守のむすめなむよばふなるなども、とりなしてむや」と仲介の弁の尼に言っている。薫の正夫人は内親王であり、第一級の薫自身の身分を考えると、中流の受領（地方長官）程度の娘に言い寄っていると噂されることをはばかっているのだ。階級貴族社会を生き抜き、繁栄を極めるには、まず、身分の高い妻を得ることが第一条件である（参考文献4に詳しい）。当時上流貴族「上達部《かんだちめ》」は、女房（貴族に仕える女官多くは中流の受領階級出身）であれば、自由に関係を持ってもよい相手であり、そば付き女房兼愛人として仕えた者を「召人《めしうど》」と呼んだ。和泉式部が敦道親王のもとに仕えたのも、この召人という形であった。浮舟の義父は常陸介であり受領階級だから、薫は正式な夫人の一人に浮舟を入れられず、女房並に扱うのが普通だが、そうもいかない。

では、大君の代用品として瓜二つの浮舟を宇治に隠し置いて、薫の心は慰められたのであろうか。宇治に向かう道中、薫は浮舟に牛車《ぎっしゃ》から山の景色を見るよう促す。

つつましげに見出したるまみなどは、いとよく思ひ出でらるれど、おいらかにあまりおほどき過ぎたるぞ、心もとなかめる。いと、いたう児めいたるものから、用意の浅からずものしたまひしはやと、なほ、行く方なき悲しさは、むなしき空に満ちぬべかめり。

（「東屋」の巻①）

（控えめに外の景色を見ている目もとは亡き大君に似ていて思い出されるが、女君がおっとりとあまりにものんびりしているのは頼りなく思われる。大君が幼い感じながら、気遣いもしっかりしていらしたと思うと、やはり大君を失った痛みは晴らしようもなく、悲しさは、行く当てもない虚空に満ちていく思いなのだ。）

宇治の館に着いて、音楽に長じていた八の宮のことを思い出し、琴を爪弾《つまび》き、漢詩を口ずさむ薫だったが、大君や中の君と違って詩文の教養も音楽のたしなみもない浮舟は、薫には物足りないのだった。

つまり、浮舟は、身分が低いゆえに中途半端な隠し愛人にすぎず、亡き大君の「身代わり」として求められながら、浮舟の心情を察する薫の配慮は全くない。愛されていない代用の置物にすぎない。九月に宇治に据え置きながら、翌一月まで薫はのんびり構えて浮舟への訪れもまれであった。

対抗心から来る匂宮の恋情に、取り込まれていく浮舟

正月、宇治の浮舟から新年の祝いが姉の中の君に届けられた。匂宮はかつて見かけて興味を持った女からだと知り、その所在をつきとめた。薫がその女を隠し置いていることが分かった。関心をひどくそそられた匂宮は急遽《きゆうきよ》宇治に赴き、薫の声音《こわね》に似せて、道中ひどい目に遭って見苦しい様なので見るなと女房たちを引き下がらせ、夜中に浮舟のもとに入り、契りを交わしてしまった。

薫ではなかったと浮舟は気づいて恐懼《きょうく》したが、宮は声を立てさせない。妻である中の君がいるあの二条院でさえ無体なことをしようとしたのだから、今はなんとも気兼ねもなく思うままにひどいなさり方なのだ。もはや抵抗しようがないのだ。匂宮は姉の夫である。姉の中の君のことを考えると、浮舟はとまどい泣き続けるばかりだ。

夜が明けても匂宮は帰ろうとしない。片時も離れずひたむきに示す匂宮の情熱を、「心ざしふかしとはかかるを言ふにやあらむ」と、浮舟は愛情の深さと受け取ってしまった。一方、匂宮は一時の恋の炎で盲目になっているが、「さるは、かの対の御方（中の君）には劣りたり」と思ったりもする。また、後述する対岸で過ごした日々には、「これほど美しい人はいまい。姉の女一の宮に仕えさせたらいいだろう」とも匂宮は思う。自分の気持

ちが冷めたら、姉の女房にするのがふさわしいと言い、浮舟の身分を考え、自分の妻の一人とすることなど全く考えていないことがわかるのだ。

匂宮の浮舟に対する思いは、一時の恋の情熱に浮かされた病のようなものであったのだ。もともと女狂いの匂宮に、更に浮舟に対して恋の発火点となったのは、薫に対する対抗心である。新春宮中で漢詩の宴の折、薫が「衣かたしき今宵もや」と宇治の浮舟の独り寝を思いやる古歌を口ずさむのを聞き、自分こそは浮舟を奪われまいと、匂宮の心は騒ぐ。

翌朝、匂宮は雪深い中を難渋して宇治までやってきた。館の人目をはばかり、舟に乗り対岸の家に向かう。「橘の小島」のあたりを通り過ぎるときに二人は歌を交わす。

（匂宮）　年経《ふ》ともかはらむものか橘の小島のさきに契る心は

（浮舟）　橘の小島の色はかはらじをこのうき舟ぞゆくへ知られぬ

（「浮舟」の巻②）

「橘の小島の常緑に誓って変わらぬ愛を約束したよ。君への思いは変わりはしない。」と匂宮が言うのに対して、「小島の緑は変わらなくとも、水面《みなも》に浮かぶ小舟のように、私はどこへさすらって行くのかわからないのです」と答える。この歌をもって女君を「浮舟」と呼ぶ。いかにも女君の存在を象徴している歌なのだ。

匂宮は浮舟に限りを尽くして愛の言葉をたたみかけ、薫大将はここまですまい、私の気持ちを分かって欲しいと訴えかける。薫にもこんな風に逢っているのかと浮舟を困らせる。

対岸の小家にこもった二日間「かたはなるまでに遊び戯れつつ暮らしたまふ。」とある。二人だけで、異常なまでに惑溺する性愛の時を過ごしたのであった。

孤独な浮舟の煩悶と死の決意

匂宮が浮舟のもとから帰京後、宇治では、薫が京に浮舟を迎えるための準備が始まった。薫の様子を察知した匂宮は、自分の方が早くとこちらも用意をしている。浮舟は、宮がひたむきに恋情を寄せる様子が、夢にまでに立つのをたまらなく恋しく思う。一方、さすがに思慮深く、人間性も立派な薫に見放されたら、母の手前もあって生きていけないとも思う。二人から寄せられた手紙を見比べ、心も体も匂宮の情熱の炎に焦がれながら、母の勧めに従った誠実な薫との縁を打ち切ることは、頭の中であってはならないと苦悩する。

宇治を離れて母の元に身を寄せ、匂宮と薫が先を争って浮舟をひきとり合うという事態から逃れたいと思うが、少将の君と結婚した妹の出産が近づいているため、その母の所へは身を寄せられない。母は浮舟の苦境も知らずに宇治に来て、女との噂の絶えない匂宮と浮舟に不始末があったら、世話になった中の君に済まないことで、絶対に許せないと言う。それを聞き、「わが身を失ひてばや、つひに聞きにくきことは出で来なむ」と、死んでしまおう、このままではとんでもないことになるだろうと、追い詰められる。浮舟の苦悩を受けとめる者はいない。八の宮の忘れ形見として大切に育ててきた母、中将の君を、何より拠り所に生きてきた。薫との縁談にも素直に従ってきたのに、その母にも事情を打ち明けられず、母の体面を最もつぶすことになろうとしている浮舟の、わが身のいとわしさ。母と尼君の話の合間に、宇治の川音が響き、流れに命を落とす人の多い恐ろしい川だと言う。生きながらえて物笑いになるのならと、次第に川音に引き入れられていく浮舟だった。

便りを持ってくるそれぞれの使者が、雨の日に鉢合わせしてしまった。勘付いた薫の使者が後をつけさせ、一方は匂宮からだと分かった。歌で不実を当てこする薫に「宛先違いでしょう」と浮舟はかわす。事情を知る女房右近が、二人の男に言い寄られた姉の悲劇を語る。身近に仕える二人の女房のうち、右近は薫びいきだが、侍従は浮舟が匂宮の方に気持ちがあると決めてかかる。どちらかに決めるなどできるはずもないのだ。なおのこと浮舟は追い詰められる。薫は匂宮が近づかないよう、警戒を強化した。宮の文に返事も出せぬまま苦悶する浮舟は、死を決意し、人目に触れてはならないと匂宮の手紙を処分するのだった。匂宮は女君恋しさに近くまでやって来た。厳しい警戒のために匂宮は近づくことができず、むなしく帰るしかなかった。

死を決意した浮舟は、こう思う。親に先だって死ぬことの罪はお許しください、と仏に念じる。以前匂宮が描いた絵を取り出し、お描きになったその手つき、お顔の美しさが目の前にくっきり浮かび上がり、昨夜やってきた匂宮に一言も伝えずに終わったことが、たまらなくつらい。一方、のどかに落ち着いて逢って、先行き長く過ごしていこうと言い続けてくださる薫君が、どう思いなさるのだろうと考えると、お気の毒だ、と。

母と匂宮に別れの歌を残す。

からをだにうき世の中にとどめずはいづこをはかと君もうらみむ
鐘の音の絶ゆる響きに音《ね》をそへてわが世つきぬと君に伝へよ　（「浮舟」の巻③）

匂宮へ、「私が亡骸《なきがら》をとどめずいなくなったなら、あなたはどこを目当てに私を恨むのでしょうか。」と。母へ、「祈祷の鐘の音の消えていく響きに私の泣く音を添えて、命が尽きたと母に伝えておくれ」と。薫には歌を残さなかった。

浮舟のその後

翌朝、女君の姿が見えず、宇治の邸では大騒ぎであった。思い悩んでいた浮舟の様子から、右近は身投げをしたと推察して、訪れた母中将の君に事情を明かし、亡骸もないまま葬儀が行われた。石山寺に参籠《さんろう》中であった薫は、後に聞いて知り、浮舟を放置したことを後悔した。匂宮は悲しみのあまり病に伏したが、それを知った薫は二人の密通を確信するのだった。薫は四十九日の法会を営んだ。匂宮は悲しみが癒えると、姉の一の宮付きの女房に懸想しだした。薫は、以前から思慕していた美しい女一の宮を偶然垣間見て、正妻女二の宮には比べるすべもなく、決してえられぬ女一の宮への思いに、苦悩した。そこでも思い出されるのは、かなわずに別れた宇治の姫君、大君と中の君のことであった。

横川の僧都《そうず》が宇治院に宿泊の折、院の裏手で正気を失った若い女、浮舟が倒れているのを発見する。僧都の妹尼は、亡くなった娘の身代わりと信じ、比叡の小野の草庵に移り、手厚く介抱した。僧都の祈祷で取り付いた物の怪が退散し、浮舟は、ようやく意識を回復した。死に損なった浮舟は己を情けなく思い、出家を望み、僧都は五戒（在家の出家を意味する）を授ける。尼や召使いたちが月の晩音楽を奏でる傍ら、浮舟は芸事を習うゆとりもなかった身の上を思い起こし、とりとめもない歌を筆で書き、心を慰めるのだった。

　小野の草庵を、尼君の死んだ娘のかつての婿、中将が訪れ、浮舟を垣間見て思いを寄せ、尼君が留守の夜、浮舟を訪ねて迫った。浮舟は老尼の寝室に難を逃れ、睡れぬ夜に、わが身を振り返った。

さる方に思ひさだめたまへりし人につけて、やうやう身のうさも慰めつべききはめに、あさましうもてそこなひたる身を思ひもてゆけば、宮を、すこしもあはれと思ひきこえけん心ぞいとけしからぬ、ただ、この人の御ゆかりにさすらへぬるぞと思へば、小島の色を例《ためし》に契りたまひしを、などてをかしと思ひきこえけん、とこよなく飽きにたる心地す。　（「手習」の巻④）

（迎え入れてくださろうと決めた薫君の縁に従って、次第にわが身のつらさも慰められるだろうと思ったのに、匂宮を少しでもいとおしいと思い申した我が心こそとんでもないことだった。ただ匂宮の縁によって定めなくさすらう身となったと思うと、宇治川の小島の常緑に誓った宮のお気持ち（引用②参照）をどうして素敵だと思ったのだろうと、この上なくいやになる気がする）

浮舟が自殺を試み、助けられた後、わが身を落ち着いて振り返って省察したこの言葉は意味深い。匂宮の一時の情熱に浮かされてしまった自分のなんと情けないことよ。もう男の愛欲に振り回されるのはまっぴらなのだ。僧都が叡山から下りて浮舟の元にやってくると、浮舟は泣きながら出家させてくれと強引に願い出て、出家がかなったのだった。ようやく迷いを脱したその思いを歌に手習い（習字）しながら、浮舟は精進に励んだ。

出家を知った中将からの手紙に、浮舟はこのように歌を詠む。

心こそうき世の岸をはなるれど行方も知らぬあまのうき木を（「手習」の巻⑤）

（心は出家して俗世から離れたが、これから先行方も知らずさすらう尼の身なのだ）

若い浮舟にとって、出家しても行く手には迷いの多い時間が広がっているのだろう。

明石の中宮は、僧都を通じ浮舟が生きていることを聞き及び、薫に伝えた。事実を知った薫は、横川の僧都のもとを訪れ、浮舟に会えるよう懇願するが、僧都は受け入れない。薫は浮舟への手紙を浮舟の弟の小君に託した。浮舟は、弟の小君がいとおしく会いたい、母の様子も尋ねたいと思うものの、薫にはなんとしても今の自分を知られたくない。手紙を広げたまま涙に暮れ、人違いで持ち帰ってくれと返事もしない。むなしく小君は帰るしかなかった。

薫、匂宮の人物像と作者のねらい

確かに、薫は大君の形代として、通り一遍の愛情を示すにすぎない。しかし、匂宮は盲目的に恋の炎を燃やし、浮舟に向かっている。さて、この匂宮の情熱はどこから来るのか。匂宮の人間性は、源氏と違って一つのことに異様に熱中してしまう（「匂宮」の巻）人物として設定されている。生まれながらに芳しい体臭を持つ薫に対抗し、なんとしても負けたくないと、さまざま香を調合し焚きしめ風流がっているのは、度を超すほどだったという。では、この度を超した執心は、どうして生まれるのか。それは薫に対してである。大君亡き後、中の君に面影を求めて言い寄ったとき、中の君に薫の移り香が残っていたのを匂宮は嫉妬して、中の君に対する愛が再燃している。

美しい女という噂を聞くと、何が何でも突き止めて、思いを遂げてしまう。強引であまりな好色ぶりは目に余るほどだった。そうやって夢中になって手に入れた女も、熱が冷めると姉の女一の宮の女房に差し向けたことが何度もあったのだ。

つまり、薫は愛する大君の代用品として、匂宮は薫への対抗心から女好きが一層たきつけられて求めていった、その対象が浮舟だったのだ。二人とも浮舟のことを心から思いやり、愛したわけではない。匂宮はいずれ熱が冷めて浮舟を姉の女房にしただろう。

第一・二部の主人公光源氏は、何より美貌で、皇子という最高の身分で、全てに秀でていた非の打ち所がない人物である。多くの女性たちを恋しているが、それぞれの女性を立場に応じて尊重し、思いやり、心情を察することのできる共感能力にも優れた人格者でもある。しかし、現実にそのような人物は存在するのだろうか。

源氏は、母の面影を継母の藤壺に求め、禁断の愛をかなえて理想的な藤壺と関係し、えられぬ代償に、藤壺に似ている幼い紫の上を養女という形で理想の女性に育て上げ、妻にしている。源氏は、母、継母、継母の姪の紫の上と、次々に「形代」として求めながら、結局は自分の真に愛する女性（ここでは藤壺と、紫の上）と結ばれている。理想的な男性源氏は、理想的で、しかも愛する女性紫の上を得ているのだ。

しかし、第三部の男二人は違う。匂宮は、追い求める理想の女性というものはなく、美しく魅力があると知るとやたらに執着して自分の物にしてしまう。熱中型プレイボーイである。薫は大君の美貌とその精神性に惹かれて求めるが、大君は拒絶して亡くなり、すでに匂宮の妻であり、大君の妹中の君に面影を求めて迫るが、義妹の浮舟を紹介して身をかわし、結局浮舟と結ばれる。しかし、浮舟は身分が低く、愛人の一人で大君の代用品でしかなく、薫は満たされない。しかも、薫は女二の宮を正妻としながら、女一の宮をもとから思慕し、女一の宮を得られぬことに煩悶してもいる。薫はつねにかなわぬ愛をもとめてさまよう人物なのだ。

第三部の匂宮と薫は、光源氏の性格を二分したとよく言われる、まじめで地道な部分は薫が、派手でお茶目で女好きなところは匂宮。つまり、第一・二部は光源氏と紫の上という全く欠点のない理想の男女を主軸とした愛の物語であった。第三部では、完璧とは言いがたく、逆に誰しも欠点を抱える人間の呼び起こす現実の恋愛模様を描こうとして設定された人物が、薫と匂宮だったのだ。

男に簡単に身を許さない女の美学

『とはずがたり』は後深草院に仕えた女房、後深草院二条（久我雅忠女）が書いた、鎌倉時代末期に成立した日記文学である。紫の上を育てた源氏のように、後深草院は四歳だった作者を御所に引き取って育て、十四歳の折に後宮の一人（妻）に加えた。院は女性関係が放埒《ほうらつ》で異母妹の先の斎宮（伊勢神宮に仕える未婚の内親王）、愷子《がいし》内親王と関係を持った。次は、そのときの様子である。

「花といはば、桜に喩《たと》へても、よそ目はいかがと誤《あやま》たれ」（花で言うならば、桜に例えてもよそ目にはどうかと見間違えるほどで）と言われる美しい姿に、院はそわそわと作者に取り次ぎを頼んで、内親王の寝所に院を案内させる。ほどもなく内親王は院に従ってしまったようだ。そのことを、二条は「心強く明かしたまはば、いかにおもしろからむ」（内親王が気強く受け入れないで夜を明かしたならばよかったのに）と言い、院も「桜は匂ひはうつくしけれども、枝もろく、折りやすき花にてある」と、たやすく内親王が院に身を任せたことを残念に思っている。その後、院は内親王に関心を失ってしまった。

（『とはずがたり』より）

簡単に男の意のままに従ってしまう女は、張り合いも魅力もないと受け取られている。そのとき大事になるのが「言葉」で、心強く言葉を尽くして拒む、その力が女性としての品格を生む。簡単に男に体を許さない、言葉をもって抵抗するという「女の拒否の美学」といえるものがあったことがわかる。『竹取物語』のかぐや姫がその典型的な女性で、それは、中の君や大君の薫に対する態度に見られる。作者も『紫式部日記』の中で、和泉式部の男性関係が派手なことを「けしからぬ方」と批判していることからも、それは分かる。

不義に至った三人の女性の比較

『源氏物語』全編で、二人の男性に身を許した主な人物は、次頁の表に示す三人である（朧月夜を除く）。この三人の女性の密通は、どのような意味を持つのか、考えてみよう。

藤壺の宮と源氏については、禁断の恋ではあるが、源氏も、そして藤壺の宮も互いに思い合った仲で、関係時も決して宮は拒否はしていない。二人の関係を知っている者は命婦などごく僅かで、本人たちは不義の罪に悩むが、他者の批判はない。

	人物	人間性	関係時	経緯
藤壺の宮（光源氏継母）	・皇女　23歳 ・亡き母（桐壺の更衣）に似た父桐壺帝の後妻	・類いなく美しい ・高貴で、だれからも納得される理想的女性	相手 **光源氏** 拒否もせず、打ち解けもせず趣深く気高い藤壺の宮の様子。	亡き母の面影を求めて源氏が熱烈に思慕。実家に帰った折に女房の王命婦《おうのみょうぶ》の手引きで関係する。父桐壺帝は関係を知ら
女三の宮（源氏の正妻）	・皇女（父朱雀院）　22歳 ・源氏の姪	・若く、幼い ・おおらか、のんびり ・慎み深さ、警戒心の欠如 ・軽はずみで心配 ・文芸の才が不足	相手 **柏木**（源氏の親友の子） 源氏でないと気づき人を呼ぶが来ない。動転し、震え、拒めない。柏木はかわいらしい様子に自制心を失う。	元々柏木が思慕。蹴鞠の折、うかつに端近に立ち、姿を見られ、柏木が執着する。女三の宮が隠しそびれた手紙を源氏に発
浮舟（薫の隠し恋人）	・義父常陸介の娘　21歳 ・女房中将の君の娘（実父宇治の八の宮の三女）	・控えめ、おっとり ・幼く、分別心がない ・ほんのり、愛らしい ・田舎育ちで音楽のたしなみがない	相手 **匂宮**（薫の親友） 薫の声音を作り、女房たちを遠ざけて入る。睡眠中で匂宮が声を立てさせず思うまま。抵抗できない。	大君の形代として宇治に置かれる。姉の中の君の二条院で匂宮に発見され、犯されそうになる。薫の対抗心から匂宮が発見

	ず、男児（冷泉帝）が誕生する。	見され、関係が発覚する。	し浮舟に熱中する。二人とも京に浮舟を迎えようとし煩悶する。
結末	桐壺帝死後、出家	男児薫を出産後、出家	投身自殺未遂の後、出家

女三の宮は、源氏が気の進まないままに兄の朱雀院から頼まれて正妻にした女性で、身分は高いながら、はっきりした手応えがなく、ぼんやりと思慮に欠く様子が描写されている。柏木と関係を持つに至る必然を、物語では次のように準備している。六条院の蹴鞠の会で慎みのない女三の宮の邸内で、女三の宮は用心せず端近《はしぢか》に立っていたところ、猫が紐を引っかけて御簾がまくれ上がり、女三の宮の姿があらわになった。女三の宮の有様を「なほ内外の用意多からずいはけなきは、らうたきやうなれどうしろめたきやうなりや」警戒心がなく軽はずみで気がかりだと、夕霧に語らせている。また、柏木の手紙を褥《しとね》（敷物）の下に隠して置いたのを源氏が発見し、しっかりしたところがないのを気がかりだと源氏は言っている。つまり、柏木と女三の宮の密通は、女三の宮の締まりのなさ、幼さも一因としていたと作者は言うのだ。

三人ともに共通しているのは、当人についている女房の手引き（匂宮は薫の真似で女房たちを下がらせた）などで、男が寝室に入り込んでしまうと、たやすく関係を結ぶことができることだ。女のもとに男が来れば、体力に劣る女性はもはや抵抗しようがないのだ。それは、現代にも通じ、女であることは、力で抵抗できず、男に犯されやすい弱い性を持っていることなのだ。

また、一般的に貴族は極楽往生を願い、死ぬ前に出家したが、三人とも、男との関係を断ち切るために出家していることだ。当時は男の誘惑から逃れるには、出家しかなかった。

性暴力被害に遭う若い女性、抵抗できない心理状態

大沢真知子氏によると、性暴力被害に遭ったときの状態について、被害に遭った二割の女性しか抵抗できなかったという。その理由は、思いがけない事態に遭遇した時に起きる本能的反射反応で心身が麻痺する「凍りつき」現象がおき、体が「擬死状態」に陥るからだと言う。「凍りつき」現象が起きることで、事態に対して無反応になり、助けを求める行為ができなくなる。生命を守ることから発した体の無意識の反応なので、理性や意志でコントロールできない、というのだ。また、二〇二三年NHKのアンケート調査で被害者の実態が明らかになった。性暴力被害に遭っているのは、十代未満が全体の二十％、十代

が五十四・二％で、多くが若いときである（参考文献7）。

若い女性は経験が少ないため、男女関係の実態に疎く、男性に対する処し方も未熟である。そんな状態で男たちの性暴力の対象になり、心に傷を受けても、恥ずかしがって他者に訴えることもなく済ましてしまう場合も多い。世界的にＭｅ Ｔｏｏ運動の広がりで、日本でも性被害の告発と撲滅を訴える機運が高まってきた。

二〇二三年七月十三日、かつての「強制性交等罪」「準強制性交等罪」を一本化し「不同意性交等罪」が施行された。十六歳以上の者に対し（性別は問わない）八種類の事由のいずれかを原因として、有効な同意を伴わずに性交等を行った場合、五年以上二十年以下の拘禁刑が課される。その八種類の事由は、①暴行・脅迫、②心身の障害、③アルコール・薬物の摂取、④睡眠その他の意識不明瞭、⑤不同意のいとまがない、⑥恐怖・驚愕、⑦虐待に起因する心理的反応、⑧経済的・社会的上位による不利益の憂慮、である。最近では、芸能プロダクションで発生した男性の男性に対する性暴力の実態が明らかになった。この「不同意性交等罪」の適応は男女関係に限らない。

現行法を『源氏物語』の三人の女性たちに当てはめてみると、藤壺の宮は不明だが、女三の宮は⑥の事由、浮舟は④と⑥の事由に当てはまり、柏木、匂宮は五年以上の実刑、拘禁刑である。浮舟に至っては、最初に薫が忍び入ってきて、いきなり浮舟と関係を持ったときも、正確には浮舟の同意はなかったから、浮舟が訴え出れば、薫も同罪である。つまり、こうした「不義・密通」といわれる事件は、もとはと言えば、男性が異常に執着心を持って女性に対して「強制性交」に及んでいるわけで、女性にはなんら罪はない。浮舟はたぐいまれな美貌の持ち主であっただけで、本人が好色で貴人を求めていたわけではないのだ。女は生まれながらに罪深く、成仏しがたいと仏教では言われた。男性優位の社会にあっては、「姦淫《かんいん》」は女の誘惑に迷ったための致し方のない男の行動のように解釈されがちである。女のせいにされ、女が批判の的になるが、実際は逆なのだ。

なぜ日本はジェンダー格差が縮まらないのか

男性本位の視線で、性的にも社会的にも女性の役割を低く見る傾向が、未だに日本の社会に根強く残っている。男女の賃金格差が日本は先進国の中で大きいのはなぜか？　朝日新聞のオピニオン&フォーラムにはこうあった。経済学者の牧野百恵さんは「女性は家、根強い社会規範」があるからで、伊岐典子さんは、専門性の高い職種では女性にも長時間労働が求められるが、出産、育児などでキャリアの形成は難しいことで、キャリア格差を生みやすく、賃金格差につながっているという（朝日新聞二〇二四年一月三十日）。

二宮周平さんは戦後の民法改正によって規定では夫婦は平等になったが、現実には今も妻は家事育児を担い、働くとしても夫の被扶養者の範囲でというケースがほとんどだ。結婚後は夫の氏を名乗ることが定着し、夫が戸籍筆頭人になっている。法制度にも古い家族観が居座っている、という（朝日新聞二〇二四年一月十九日）。個人的には、日本、韓国、中国ともに女性の地位が低いのは、儒教の伝統が根強い国だからだと感じている。

また、平野氏は、第一に、日本人には日本独自の「性別の美学」が深く刷り込まれており、気付かないこと。第二に戦後の民主憲法によって与えられ、西洋の女性たちのように勝ち取ったものではないが、参政権や婚姻の自由など名目上は両性が平等であること。第三に日本の女性には、夫婦でなく一人で行動する自由と家計を管理している主婦としてお金を使う自由があること。男性が既得権益を握って離さない社会構造がいつまで経っても変わらないのはこのような特殊な状況があるのではないか、と推測している（参考文献5）。つまり、男が外で働いて、お金を持ってきてくれれば、主婦として限定的な仕事をし、残りの時間は夫の稼ぎからある程度自由にお金を使い、趣味など好きなことができれば、主婦は居心地がいいのだ。しかも、家庭にあっては女性の力は圧倒的に強く、尊重される。だから、わざわざ社会に出て責任ある仕事を引き受けていく必要は感じられない。

労働力不足を補うために女性を調整弁として扱うならば、「夫が稼いで妻は専業主婦」の形で、子育てが終わったらパートとして働き、一定の収入以内であれば、免税されるという制度が有効であろう。しかし、いったん仕事を辞めてシングルマザーになってしまうと、低賃金のパートでしか働く機会がなく、子育てしながら貧困状態に陥ることになる。男女協同参画社会の実現のためには、古くから残る「女は男から三歩退いて待つ」という「性別の美学」から脱却し、真の意味で男女ともに自立を支援する社会制度が望まれる。選択的夫婦別姓、出産、子育てのための支援、キャリアアップ機会の継続、女性の社会進出の支援等を通じて、女性の視点を生かした柔らかな社会とその再構築が望まれるのだ。

さて、『源氏物語』の不義はもちろん男どものせいではあるが、その圧倒的男優位の社会の中で、不義に至った浮舟を、作者はどう描こうとしたのだろうか。

浮舟に寄り添う作者の姿勢

登場する多くの女性たちの中で、夕顔、女三の宮、浮舟の三人は、かわいらしく、素直で、のんびりした雰囲気を持ち、共通する性質を持つ。その中で浮舟だけには、「東屋」

の巻から「浮舟」の巻に至っては、物語の主たる登場人物となり、視点が浮舟を中心に据えられ、詳細な心理描写が続いていく。歌の数も二十六首と、全女性人物中浮舟が最も多い。「宿木」の巻では、母中将の君の心中が述べられ、母の思惑に素直に従って行動していた。しかし、匂宮に犯されそうになる場面から、浮舟が薫と関係して宇治に据えられ、匂宮に犯されながらも匂宮の見境のない激情の炎にとらわれていく様子、薫に二人の関係を気づかれ、競い合うように二人が京に迎え取ろうとしていることを知って自殺を決意するまで、作者はじっと浮舟に寄り添って、さまよい乱れる浮舟の心情を写し取っている。

女三の宮と浮舟は共通する面もあるが、この二人に対する作者の描き方は大きく違っている。まず第一に、女三の宮は柏木に姿を見られるという、当時の貴族女性にはあってはならない不始末をしでかし、柏木の慕情を募らせたこと。当時の貴族女性は、結婚後にしか男性に顔を見せなかった。発覚したのは、女三の宮が柏木の手紙を隠しそびれてしまったため、源氏に見つかった。第二に、浮舟の場合、薫と匂宮の手紙の使者が行き会ってしまったことで、薫の使者が後をつけて匂宮と関係していると分かった。発覚については浮舟に落ち度はなく、自殺を決意した後、浮舟は匂宮の手紙を処分している。第三に、女三の宮は出家後も薫に修行の姿勢が生半可と思われていたり、その性格や人間描写には変化が全く感じられないことだ（「匂宮」「橋姫」の巻）。しかし、浮舟は煩悶から自殺をし、その後意識を回復してくるに従って、自己を省察するようになり、成長しているのだ。二度にわたって出家を願い出て、命が果てる前に出家させてくれと強引に出家を迫って実現させた。おっとりした浮舟はもういない。自分の判断で行動するしっかりした女性になっている。

引用文④（245頁）を振り返ってみよう。自己の迷いは匂宮の一時限りの恋の情熱に取り込まれていたにすぎず、なんとあきれ果てたこと「けしからぬ」ことと言っている。正体を失って救われた横川の僧都の妹尼に世話になりながら、その死んだ娘の婿に迫られるや、もうたまらない。男によって振り回されるなんてまっぴら御免。当時、迷妄の世界から脱却し、男を拒絶して生きる道は、出家し尼になる意外になかったのだ。藤壺の宮、女三の宮、そして浮舟が出家した。大塚氏は『源氏物語』における出家は、いわば千年前のMe Too運動だ、と言っている（参考文献4）。自己を分析し、主体的に行動する浮舟がいる。

『源氏物語』の行き着く果てに、作者はどうして浮舟をヒロインにしたのだろうか。多く登場する女房たちや受領の後妻である空蝉を除き、浮舟は、夕顔と並んで貴公子の相手に選ばれた女性としては、最も身分が低い。浮舟の義理の父は常陸介であるから、実父が親王八の宮であっても、浮舟は作者と同じ受領階級である。作者と同じ身分であることが重要なのだ。

『源氏物語』の評判から道長にスカウトされ、紫式部は女房として中宮彰子に出仕した。当時、宮中の女房たちは、同意の上であったにせよ、上流貴族の格好の性の相手にされた。中流と言っても身分が低いから、尊厳など通用しない。作者自身がそんな目に遭っていなかったにせよ、男に振り回されることも多い女房たちの姿を、多く目にしてきたのではないか。『紫式部日記』で宮仕えを嘆く作者の行き着いたところは、こうした「女」の存在だったのではないか。浮舟のさすらいやすく優柔不断に陥ったことを作者は非難して、ありうべからざることとして描いたと、考える向きもあろうが、そうとは言い切れない。そうなるしかなかった、男によってさすらい、苦しむ身の程もない「女」のありようを、紫式部はつぶさに写し出すしかなかったのではないか。

『源氏物語』最後の一文にこめた作者の思い

鎌倉時代初期に成立した物語論の『無名草子』には、薫のことを「欠点がなく、これほど優れた人物は滅多にいない」と主人公の源氏を凌いで、絶賛している。果たして、作者は薫をどう描こうとしているのだろうか。

薫は、浮舟の自殺後、四十九日の法会も済ませて、次のように浮舟を回顧している。

嘆かわしく亡くなった浮舟が、とても幼く無分別で事態を受けとめ判断できなかったことを軽々しいと思うものの、さすがに大変なことだと悩み、自分（薫）の様子がいつもと違っていたこと（匂宮との関係に気づいて以来手紙もなく、邸の警戒を強めた）も浮舟の心を苛《さいな》み、嘆き沈んでいたと（右近）から聞いた。きちんとした妻でなく気やすいかわいい思い人としてはとても愛しい人だったのに。

（「蜻蛉」の巻より）

浮舟が思い悩み、自殺に至った原因は、匂宮との関係を知って薫の浮舟を厭う態度によってだと、浮舟の女房の右近から聞いて、浮舟の苦しみを知ってはいたはずだ。

しかし、薫が行方不明の浮舟の所在を突き止め復縁を求めて、浮舟の弟の小君を使いにやり、拒絶されたときの薫の心情は次の通りだ。

いつしかと待ちおはするに、かくたどたどしくて帰り来たれば、すさまじく、なかなかなりと思すことさまざまにて、人の隠しすゑたるにやあらんと、わが御心の、思ひ寄らぬ隈《くま》なく落としおきたまへりしならひにとぞ、本にはべめる。

（「夢浮橋」の巻⑦）

（薫が早く返事を聞きたいと待っていらっしゃったが、小君がこのようにはっきりせずに戻ってきたのでがっかりして、かえって使いなどやらなければよかったとさまざまお考えになられて、自分がかつて浮舟にしたように、他の男が思いも寄らぬ所に浮舟を隠し住まわせているのではないかと、疑ったという。）

これが大長編『源氏物語』の幕切れである。

薫は、浮舟が苦しみの末自殺したと右近から聞いて、浮舟の心情を知ったはずだった。また、自殺未遂で意識不明に陥って救い出され、願い出て出家したことも横川の僧都から聞いた。二人の男に振り回され、出家したのだから、男に会おうとしないことも、充分理解できるだろう。しかし、薫は自分のもとに戻ってこないのは、また、他に男ができたからだろう、と思っているのだ。何と思いやりのない身勝手な薫の述懐であろうか。自分と同じように他の男が浮舟を慰み物にしていて、浮舟もその男に身を任せていると推察している。浮舟はその名の通り、最後まで大君の代用品として薫の「人形」として求められているだけで、薫に浮舟の全人格を受けとめることは全く不可能でしかない。

『無名草子』の薫評は当たらない。薫は誠実ではあるが、ある意味自分の殻に閉じこもったいじましい人物である。薫はつねに得られない身分の高い女性を思慕し続けている。かなわぬ未練に酔いしれ、幻影を求めてさまよう男にすぎない。いつまでも本当の愛に行き着くことがない。だが、薫のように自己の視点に立つことしかできない人物は、現在でもどこにでもいそうな男性像でもあるのだ。

匂宮、薫ともに正式な妻の要件として、身分を重んじている。身分に縛られた恋愛では真実の「愛」、相手を尊重し、大切に思う気持ちに、行き着かないのだろうか。

浮舟の煩悶は、薫にも匂宮にも全く理解されない。

最終巻「夢浮橋」の意味

この巻名そのものの語は最終巻の中にないが、「薄雲」の巻に、大堰《おおい》の明石の君に訪れもままならないことを源氏が嘆き、「夢のわたりの浮橋か」と言っている。定家の『源氏物語奥入《おくいり》』では次の引き歌とされているが、作者、出典ともに不明であるようだ。

世の中は夢のわたりの浮橋かうち渡りつつ物をこそ思へ

この歌は、男と女の間にははかない夢のような浮橋しかなく、関係を結びながらも、人の心に行き着くのだろうかと、物思いは絶えない、という意味だ。男女の関係のはかなさと、心のつながりの心許《こころもと》なさを詠んでいるのだ。この巻名には、作者が浮舟の生き様に託した思いがにじみ出ているようだ。男女の愛とは、こんなも行き合わないものなのだろうか。

第一部では、身分に関わらず桐壺帝に真に愛された桐壺の更衣、その愛の賜物であった光源氏、母の面影を継母に求め、その継母の面影を姪の紫の上に見出し、理想の女性紫の上を愛した源氏。第二部では、愛を得ながら、最愛の妻を不幸にしてしまった源氏の心の陰りとさみしい晩年が語られる。

第三部は理想の人間とは言い難いが、現実味を帯びた二人の人物、熱烈恋愛狂匂宮と、かなわぬ愛を求める続ける薫によって、美しく素直であるゆえに二人に引き回され、さすらうしかなかった浮舟の存在が描かれる。藤原定家作「春の夜の夢の浮橋とだえして峰に別るる横雲の空」（『新古今和歌集』）の歌は、『源氏物語』のこの終末を暗示しているように思える。

作者の行き着く先は、出家するしかなかった、この罪のない浮舟の、孤独な姿であった。

※本文の引用は『新編日本古典文学全集』（小学館）による。傍線、現代語訳・要約は筆者。

参考文献

1 秋山虔・今井源衛・鈴木日出男校注・訳（一九九四～一九九八）『新編日本古典文学全集　源氏物語』一～六、小学館

2 久保田淳校注・訳（一九九九）『新編日本古典文学全集　建礼門院右京大夫集／とはずがたり』小学館

3 樋口芳麻呂・久保木哲夫校注・訳（一九九九）『新編日本古典文学全集　松浦宮物語／無名草子』小学館

4 大塚ひかり（二〇二三）『嫉妬と階級の『源氏物語』』新潮社

5 平野卿子（二〇二三）『女言葉ってなんなのかしら？「性別の美学」の日本語』河出書房新社

6 橋本武著、永井文明絵（二〇一四）『解説百人一首』筑摩書房

7 大沢真知子（二〇二三）『「助けて」と言える社会へ　性暴力と男女不平等社会』西日本出版社

おわりに

この文章は、前勤務校の新宿高校の自由投稿サイト「新宿高校　知の森」に二年間にわたって投稿したものだ。

最初の文章は、受験に関して若い人のおかしな犯罪が相次いで起こったことに対して考えたことを、メッセージとして是非とも生徒たちに伝えたいと、老子を取り上げて書いたものだ。次に老子よりもっと心ひかれる荘子についても紹介しようと思ったところ、関連したことが次々に浮かび上がってきた。そうだ、老子・荘子の思想のもっとも根幹にあるのは「生命」の尊重ということだ、現代取り戻さなければならない観点だと確信を深めた。

次に、大好きな古典作品について、日頃調べたいと思っていたことを深めてみようと思いついた。『平家物語』の「木曽の最期」の主人公義仲はとても純粋で魅力的な人物で、これまで義仲が眠る「義仲寺」に何度も行った。塚が残っており、最後の合戦までともに戦った巴御前はどんな人物で、義仲の隣に眠る松尾芭蕉は、なぜそこを終《つい》の住み処にしたのか、明らかにしたいと考えた。

芥川龍之介が、義仲を愛し、「木曽義仲論」という論文を文学への出発の時点で、また「続芭蕉雑記」を自殺の間際に、書いていることを知った。芥川は「自我」をテーマとした作家だったから、自我を視点として義仲と芭蕉をつなげてとらえているとわかった。そして、高校二年生の定番教材で、芥川の師の夏目漱石の『こころ』と、やはり「自我の苦悩」をテーマとした中島敦の『山月記』が思い浮かんだ。さてさて、現代の高校生の「自我」はどうなっているのか。今後の我々は自分の自我とどう付き合っていけばいいのか、明らかにしたくなってきた。こうして、見田宗介や鷲田清一、現代思想の千葉雅也の文章に行き着いた。現代思想は難しく、とても私の手に負えるものでない。しかし、千葉氏が、現代の我々が「新たな古代人」になる方向性を示唆された言葉に、なるほどと共感したのだ。「古代人」とは義仲のような人だが、そこに、めぐり合わせということを強く感じた。義仲を起点として、「自我」の流れとめぐりをとらえることができるのではないかと思ったのだ。

教科書の編集の仕事をしたことがきっかけで、多くの古典の作品をまるごと読む機会を持った。その仕事を通じて、より一層古典の面白さを感じ、読み深めてみたいと思ったのが『更級日記』、『和泉式部日記』だった。『更級日記』は作者があんなにも夢中になった物語を、結婚を機になぜ否定し去ってしまったのか？　和泉式部は歌を通じて男を誘惑する「けしからぬ」女なのだろうか？　その疑問を是非解明したいと思った。

物語に登場する女性たちで、『竹取物語』のかぐや姫、『源氏物語』の浮舟という対照的な二人を取り上げ、作品の本質に近づこうと試みた。また、平安女流文学の担い手の和泉式部や菅原孝標女、物語のヒロインのかぐや姫と浮舟の存在は、現代の我々女性たちの抱えている「ジェンダー・性」の問題とどうつながっているのか。その関わりも考えてみた。

書くことにより、改めて自分の考えていたこと、大切に思っていたことがはっきりとつかめたようだ。この文章を通じて、兜《かぶと》の中の武将たちの表情、几帳の奥に身を横たえる女性の心、そんなものが少しでも我々のものとして感じてもらえたら、幸いだ。

ここで取り上げたものは、どれも高校生の教科書に載っているような、だれしも読んだことのある有名な作品ばかりだ。私は長らく普通の国語の教員を務めているだけで、研究者ではもとよりなく、大学の専門の論文や、学会誌などに目を通すこともなくなった。この文章は、公立図書館で手に入る、一般書を参考にしながら書き、まとめたものだ。専門家の立場から見ると、不十分なところや、あるいは思い違いなどが多々含まれているかもしれない。お読みいただき、ご指摘いただければ幸いだ。

古典の授業に少しでも興味を持った高校生、あるいは高校時代の古典を懐かしく思い出す昔の高校生、そして現在高校生に向き合っている先生方に読んでいただきたいのだ。

最後にこの文章を書くきっかけを与えてくださった「新宿高校　知の森」サイトの管理者渡邊正治さん、書籍にしてくださった明治書院の方々、および編集をお任せした高岡花江さん、揮毫を引き受けてくださった城間圭太さん、すべての文章にていねいな感想と意見を下さった栗原文夫さん、芭蕉の句について教示下さった氣多恵子さん、文章を何度も丁寧に見て応援してくれた吉田安男さん、各氏に心より御礼申し上げたい。

令和六年十月

泉　雅代

著者　泉　雅代（いずみ・まさよ）
1954年、東京都生まれ。東京都立西高等学校・お茶の水女子大学文教育学部国語国文学科卒業。国語教諭として、都立西高等学校、都立新宿高等学校などで教鞭を執る。現在は都立西高等学校国語非常勤教員。

題字　城間圭太（しろま・けいた）
書道家。東京学芸大学特任教員。

古典を今にめぐる物語

2024年10月10日　初版発行

著　者　泉　雅代
発行者　株式会社 明治書院
　　　　代表者　三樹　蘭
印刷者　精文堂印刷株式会社
　　　　代表者　西村文孝
製本者　精文堂印刷株式会社
　　　　代表者　西村文孝
発行所　株式会社 明治書院
　　　　〒169-0072　東京都新宿区大久保 1-1-7
　　　　TEL 03-5292-0117　　FAX 03-5292-6182
　　　　振替 00130-7-4991

Printed in Japan　ISBN 978-4-625-53323-5